소중한 _____ 에게

_____ 가(이) 선물합니다.

_____

서유기

오승은 지음

중국 명나라 때의 작가입니다. 글이 맑고 아름다우며, 해학성이 강한 것이 특징입니다.
과거에 여러 번 응시했으나 합격하지 못하였고, 50세가 넘어 겨우 관리가 되었습니다.
7년이라는 짧은 기간 동안 관리 생활을 하다 그만두고 고향에 돌아와 시를 지으며
살았습니다. 지은 책으로는 「서유기」 「사양산인존고」 등이 있습니다.

조태봉 엮음

서울 마포에서 태어났습니다. 단국대학교 대학원 문예창작학과에서 석사 학위를 받았으며,
동 대학원 박사 과정을 수료했습니다. 서울여대 국문과 겸임 교수로 아동 문학을 강의하고 있으며,
계간 「어린이책 이야기」 발행인을 맡고 있습니다. 2002년 조선일보 신춘문예에 동화 「비둘기 아줌마」가
당선되어 작품 활동을 시작했으며, 그동안 지은 책으로 동화집 「첨성대와 아기별똥」, 그림책 「당나귀
임금님」 「상아의 누에고치」 등이 있습니다. 주요 평론으로 「현실의 무게와 존재의 가벼움」 「차별과
혼돈의 벽을 넘어서」 「보이지 않는 세계의 시공간들」 「판타지를 바라보는 장르론적 입장」 등이 있습니다.

2024년 5월 25일 2판 7쇄 **펴냄**
2013년 9월 25일 2판 1쇄 **펴냄**
2004년 8월 10일 1판 1쇄 **펴냄**

펴낸곳 (주)효리원
펴낸이 윤종근
지은이 오승은
엮은이 조태봉 · **그린이** 박요한
등록 1990년 12월 20일 · **번호** 2-1108
우편 번호 03147
주소 서울시 종로구 삼일대로 457, 406호
전화 02)3675-5222 · **팩스** 02)765-5222

ⓒ 2004 · 2013, (주)효리원

ISBN 978-89-281-0290-7 64820

이메일 hyoreewon@hyoreewon.com
홈페이지 www.hyoreewon.com

서유기

오승은 지음
조태봉 엮음 / 박요한 그림

 효리원
hyoreewon.com

『서유기』를 쓴 작가 오승은(1500~1582)은 중국 명나라 때의 문인입니다. 자는 '여충'이고 호는 '사양산인'이라고 합니다. 그는 과거에 여러 번 떨어져서 장흥현 현승이라는 낮은 지위에 머물렀습니다. 하지만 우스갯소리를 잘하고 매우 현명하여 많은 책을 썼기 때문에 그 지방에서는 아주 유명했습니다.

중국의 옛 소설들이 그러하듯, 이 작품도 역사적인 사실에 바탕을 두고 쓰였습니다. 당나라 태종 임금 때, 삼장 법사 현장(602~664)이 중국의 서역 지방을 거쳐 천축(지금의 인도)에 가서 수많은 불교 경전을 가지고 중국으로 돌아왔습니다. 그 이야기를 『대당서역기』라는 여행기로 쓴 것이 있습니다.

삼장 법사가 여행하는 기간만 거의 17년이 걸렸고, 엄청난 모험과 고생을 했습니다. 눈 덮인 히말라야 산맥을 넘고, 풀 한 포기 없는 사막도 지나야 했으니 고생은 이루 말할 수가 없었지요. 교통 표지판이 있는 것도 아니고, 길도 제대로 없는 그 먼 길을 다녀온 삼장 법사의 용기와 인내심은 정말 훌륭합니다.

그래서 당나라 말기에 이르자, 삼장 법사의 여행담은 신비스럽게 전해져 많은 백성들의 이야깃거리가 되었습니다. 그 과정에서 재미있는 사건과 모험담이 보태졌습니다.

오승은은 이와 같이 많은 사람들의 입에서 입으로 전해져 오는 이야기를 바탕으로 이 글을 썼습니다. 특히 주인공인 손오공은 신비한 능력으로 스승인 삼장 법사를 극진히 모시면서 뛰어난 활약을 했습니다.

이 작품을 읽으면, 우리는 그 당시 당나라 사람들이 얼마나 부처님의 말씀을 귀중하게 여겼는지 알 수 있습니다. 그리고 말썽꾸러기 손오공이 어질고 순하기만 한 삼장 법사를 지극한 존경심으로 섬기고 의형제들에게 의리를 다하는 모습에 감탄하게 됩니다.

『서유기』는 우리나라 어린이들에게도 『날아라, 슈퍼보드』나 다른 만화와 연극으로 이미 많은 사랑을 받아 왔습니다.

손오공과 함께, 먹는 데 욕심이 대단하고 질투가 심한 저팔계, 둔하지만 성실한 사오정은 참 재미있는 인물이라 어린이들 사이에서 인기가 대단합니다.

목표를 향하여 어떤 어려움과 무서움이 닥쳐와도 꿋꿋하게 이겨 내는 등장인물들과 함께 부처님의 훌륭한 가르침을 배워 나갑시다.

엮은이 조 태 봉

화과산 돌 원숭이

아주 먼 옛날, 이 세상이 하늘과 땅으로 나누어지고 사람과 짐승이 생겨날 때의 일이다. 동서남북으로 네 개의 큰 대륙이 생겼다. 동쪽은 '동승신주', 서쪽은 '서우화주', 남쪽은 '남섬부주', 북쪽은 '북구로주'라고 불렀다.

동승신주 대륙에는 '오래국'이라는 나라가 있었다. 오래국의 바다 건너편엔 '화과산'이라는 산이 솟아 있었는데, 일 년 내내 꽃이 피고 열매가 무성하여 무척 아름다운 곳이었다. 그 산 꼭대기에는 신비로운 바위가 우뚝 솟아 있었다. 웬만한 집만큼 커다란 바위는 살아 있는 동물처럼 숨을 쉬었고, 밤이면 잠도 잤다.

어느 날 신기한 일이 일어났다. 마치 암탉이 달걀을 낳듯이 바위가 돌알을 낳았던 것이다. 돌알은 바람을 맞자 이리저리 깎이더니 그 모양이 꼭 원숭이처럼 변했다. 돌 원숭이는 태연하게 사방을 살펴보더니, 동서남북을 향해 넙죽 절을 했다. 그때 돌 원숭이의 두 눈에서 금빛 광채가 뿜어 나와 하늘 한가운데로 뻗어 올라갔다.

"이게 무슨 빛인가?"

하늘나라 임금인 옥황상제는 신하들과 이야기를 나누다가 깜짝 놀랐다.

"글쎄요. 땅의 빛이 하늘까지 올라온 일은 여태껏 없었습니다. 영문을 모르겠나이다."

신하들도 어리둥절했다.

"아무래도 이상한 일이로구나! 땅에 무슨 일이 생긴 것인지 알아봐야겠다. 어서 천리안과 순풍을 시켜 알아보아라!"

천리안은 천 리 밖을 내다볼 수 있는 장수였고, 순풍은 천 리 밖의 소리를 들을 수 있는 장수였다. 두 장수는 땅으로 내려가 조사한 다음 돌아와 이렇게 말했다.

"화과산의 바위에서 태어난 돌 원숭이가 동서남북을 향해 절을 하는데, 그 눈에서 금빛 광채가 뿜어 나온 것입니다."

"그 돌 원숭이의 눈빛이 매우 강렬한 것을 보니 장차 무슨 몹쓸 짓이라도 하지 않을까 무척 걱정이 됩니다."

두 장수의 말을 들은 옥황상제는 매우 놀랐지만 겉으로 내색 하지는 않았다.

"그냥 놔두어라. 땅의 일이라면 우리 하늘이 다 보고 있으니 굳이 간섭할 필요가 없다. 돌 원숭이라도 그 역시 땅에 사는 짐승이 아닌가."

"예, 그렇게 하겠습니다."

하늘나라에서는 옥황상제의 뜻에 따라 돌 원숭이의 일을 신 경 쓰지 않고 내버려 두기로 했다.

돌 원숭이는 날마다 산속에서 뛰놀며 신 나게 지냈다. 해가 지면 바위 절벽 아래에서 잠을 자고, 해가 뜨면 산봉우리나 동 굴에서 놀았다.

어느덧 무더운 여름이 되었다. 원숭이들은 더위를 식히려고 첨벙첨벙 물장난을 하고 헤엄도 치면서 신 나게 떠들어 댔다.

"이 물은 흘러도 흘러도 끊이지 않으니 참 신기하단 말이야. 우리 오늘 할 일도 없는데 이 물이 어디서 흘러오는지 위쪽으 로 한번 올라가 볼까?"

"그래, 그래. 어서 가 보자!"

원숭이들은 골짜기를 따라 산 위로 한참을 올라갔다.
골짜기 끝에 다다르자, 우렁찬 소리를 내며 쏟아지는 폭포
가 보였다.

"야아! 폭포가 있었네. 여기에서 물줄기가 시작된 거야."

"이렇게 큰 폭포가 숨어 있는 줄 정말 몰랐어!"

원숭이들은 손뼉을 치고 함성을 지르며 감탄했다.

"저 폭포 뒤에는 무엇이 있을까? 만약 저 폭포 속에 들어갔다 멀쩡하게 나오는 원숭이가 있다면 우리들의 왕으로 모시는 게 어때?"

"좋아! 대찬성이야."

"그런데 보기만 해도 이렇게 무서운 저 폭포 속으로 누가 들어가겠어?"

원숭이들은 떠들어 대면서 주위를 두리번거렸다. 역시 아무도 선뜻 나서지 않았다. 그때였다.

"이 겁쟁이들아, 잘 봐라! 내가 간다."

무리에서 나온 돌 원숭이가 주먹을 쳐들고 마음껏 으스대었다. 돌 원숭이는 조금도 망설이지 않고 폭포 속으로 풍덩 뛰어들었다.

"와!"

다른 원숭이들의 입에서 함성이 터져 나왔다.

돌 원숭이는 폭포의 소용돌이에 휩쓸렸다. 물살에 뱅글뱅글 휘말렸지만 돌 원숭이는 기운을 잃지 않았다. 용감하게 헤엄쳐 가서는 이내 폭포를 뚫고 들어갔다.

폭포 너머는 물도 없이 고요했다. 그곳에는 쇠다리가 놓여 있었는데 돌 원숭이가 조심스럽게 다리를 건너가 보니 커다란 동굴처럼 생긴 바위 집이 나왔다. '화과산의 축복 받은 땅, 수렴동 보금자리'라고 새겨진 돌기둥도 세워져 있었다.

'누가 살고 있나?'

동굴 안으로 들어간 돌 원숭이는 두 눈이 휘둥그레졌다. 돌로 지은 궁궐은 매우 넓고, 비와 바람을 막아 주는 아늑한 곳이었다.

"와아! 정말 살기 좋겠다. 당장 친구들을 데려와야지."

신바람이 난 돌 원숭이는 즉시 되돌아갔다. 그리고 금방 보고 온 것들을 다른 원숭이들에게 알렸다.

"좋아, 좋아! 네가 앞장서서 안내해 줘."

돌 원숭이가 또다시 폭포 속으로 뛰어들자 나머지 원숭이들도 용기를 내어 따라 들어갔다. 폭포를 지나자 돌 원숭이의 말대로 정말 멋진 집이 있었다. 신이 난 원숭이들은 집 안의 물건을 서로 많이 차지하려고 이리저리 뛰어다니며 난장판을 벌였다.

그 광경을 지켜보던 돌 원숭이가 가장 높은 곳으로 올라가 점잖은 목소리로 말했다.

"자, 너희가 한 약속을 기억하겠지? 폭포 속에 들어갔다 오면 너희들의 왕으로 삼겠다고 했잖아. 게다가 난 이렇게 살기 좋은 우리들의 집도 발견했어. 그런데 왜 나를 왕으로 섬기지 않는 거지?”

이 말을 들은 원숭이들은 일제히 예를 갖춰 절을 하며 ‘우리 대왕님 만세!’ 하고 소리쳤다.

왕이 된 돌 원숭이는 고개를 뻣뻣이 쳐들며 말했다.

“이제부터 내 이름은 ‘훌륭한 원숭이 왕’이란 뜻을 가진 ‘미후 왕’이다.”

그러자 원숭이들은 모두 ‘미후왕 만세!’ 하고 외쳤다.

미후왕은 그날부터 원숭이 무리들을 거느리고 아침이면 화 과산에서 놀다가 저녁이면 수렴동에서 잠을 잤다. 더할 나위 없이 즐거운 나날이었다.

수보리 조사에게 도술을 배우다

어느 날, 미후왕은 신하들을 불러 여느 때처럼 잔치를 벌였다. 신하들은 화과산에서 나는 맛있는 과일이란 과일은 하나도 빼놓지 않고 먹으면서 흥겹게 놀았다. 모두가 즐겁게 웃고 있는데, 오직 미후왕만 눈물을 주르륵 흘렸다.

신하들은 미후왕이 우는 모습을 보고 깜짝 놀라서 물었다.

"대왕님! 왜 그렇게 슬퍼하십니까?"

미후왕이 여전히 슬픈 얼굴로 대답했다.

"지금은 이렇게 즐겁게 웃지만, 언젠가 더 늙으면 죽을 것이 아니냐? 세상 만물은 모두 언젠가는 늙고 병들어 죽게 되어 있다. 나도 언제 저승사자가 염라대왕 앞으로 끌고 갈지 모른다.

그러니 삶이란 얼마나 허무하고 슬픈 것인가!"

이 말을 듣자 다른 원숭이들 역시 얼굴을 가리고 훌쩍훌쩍 울기 시작했다. 그때 나이가 많고 현명한 원숭이가 앞으로 나와 말했다.

"대왕님, 나이가 아무리 많아도 죽지 않는 사람들이 있다고 하옵니다."

"정말인가? 죽지 않는 이가 있다고?"

"그렇습니다. 누구나 다 죽으면 염라대왕한테 붙잡혀 가지만, 부처님과 신선들은 끌려가지 않는다고 들었습니다."

"그 신선들은 어디에 살고 있느냐?"

"인간이 사는 남섬부주의 오래된 동굴과 신령한 산속에 살고 있다는 말을 들었습니다."

그제야 미후왕은 얼굴에 가득했던 근심을 거두고 흐뭇하게 웃었다.

"내일 당장 신선을 찾아가서 영원히 죽지 않고 사는 비법을 배워야겠다."

다음 날 아침이 되었다. 원숭이들은 신선을 찾아 떠나는 미후왕을 위해 나무를 엮어 뗏목을 만들고, 식량으로 나무 열매도 넉넉히 준비했다. 뗏목 위에 오른 미후왕은 신하들의 배웅을 받으며 홀로 바다를 향해 나아갔다.

바람이 적당히 부는 좋은 날씨라서 뗏목은 바다 위를 잘 흘러갔다. 며칠이 지나자, 멀리 육지가 보였다. 드디어 남섬부주에 도착한 것이었다. 미후왕은 뗏목이 해안에 닿자마자 얼른 육지로 뛰어올랐다.

"으악! 얼굴이 새빨간 괴물이 나타났다!"

"온몸에 시커먼 털이 난 괴물이야!"

섬사람들은 미후왕을 보자마자 기겁을 하고 달아났다.

미후왕은 미처 도망가지 못한 사람을 붙잡은 다음, 그가 입고 있는 옷을 빼앗아 입었다. 신선을 만나려면 사람처럼 보이는 옷차림이 필요할 것 같았다. 그리고 사람들이 하는 말과 생활들을 하나씩 배워 익혔다.

미후왕은 하루라도 빨리 신선을 만나고 싶어서 섬을 열심히 돌아다녔다. 하지만 남섬부주 사람들은 하나같이 돈과 명예만 좇을 뿐, 도를 알고 있는 사람이 없었다. 그러는 동안 세월만 흘러가 버렸다.

'안 되겠다. 이번에는 서쪽으로 가 보자.'

미후왕은 다시 뗏목을 타고 서우화주로 갔다. 서쪽 섬에 도착하자 나무들이 무성한 높은 산이 보였다. 경치가 무척 빼어

난 산이었다. 한참을 구경하고 있는데 갑자기 숲 속에서 노랫소리가 들려왔다. 미후왕이 얼른 숲 속으로 뛰어 들어가 살펴보니 웬 나무꾼이 도끼로 나무를 찍고 있었다. 미후왕은 혹시 신선이 아닌가 싶어 공손히 말했다.

"신선님, 저에게 술법을 좀 가르쳐 주십시오."

"아이고, 신선이라니요. 저는 그저 가난한 나무꾼일 뿐입니다. 신선이라면 이 산 위에 살고 있는 하얀 수염이 난 노인을 찾아가십시오. 그분이 수보리 조사라는 분이지요."

미후왕은 그동안 쌓인 피로가 단숨에 사라지는 느낌이었다. 기뻐서 나는 듯한 걸음으로 순식간에 신선의 집을 찾아갔다.

수보리 조사는 석가의 뛰어난 제자이기도 한 신선이었다.

"너는 어디서 왔으며, 뭘 하는 자인가?"

수보리 조사는 미후왕을 보자마자 대뜸 물었다.

"저는 동쪽 섬에 있는 화과산에서 왔습니다. 조사님을 찾기 위해 거의 10년이나 되는 긴 세월을 보냈습니다."

"음, 그렇다면 네 부모는 어떤 사람인고?"

"저는 돌에서 태어났기 때문에 부모가 누구인지 모릅니다."

"나무나 돌이나 다 하늘과 땅에서 생겨난 것이지. 그럼 네 성과 이름은?"

"없습니다. 그저 미후왕이라고 불립니다."

수보리 조사는 미후왕의 초롱초롱한 눈빛을 눈여겨보았다.

"이제부터 너를 제자로 받아 주마. 그리고 앞으로 네 이름을 '손오공'이라고 부르겠다. 어떠냐?"

"손오공이라고요? 정말 마음에 드는 이름입니다. 감사합니다, 스승님!"

미후왕, 아니 손오공은 무척 기뻐서 수보리 조사한테 열 번도 넘게 큰절을 올렸다. 그날부터 손오공은 다른 제자들과 함께 글을 배우고, 말을 배우고, 청소를 하고, 밭농사도 거들면서 시키는 일을 부지런히 다 했다. 워낙 머리가 영리한 손오공은 수보리 조사의 가르침을 하나도 빠뜨리지 않고 모두 제 것으로 만들었다.

어느덧 7년이란 세월이 흘렀다.

그날도 수보리 조사가 수많은 제자들에게 설교를 하고 있었다. 그런데 손오공이 자리에서 벌떡 일어나더니 덩실덩실 춤을 추었다.

"이 녀석아! 공부하다 말고 춤은 왜 추는 거냐?"

"문득 스승님의 말씀에서 깊은 깨달음을 얻었기 때문입니다. 무척 기쁜 나머지 저도 모르게 춤을 추고 말았습니다."

딱딱하게 굳었던 수보리 조사의 표정이 금세 인자하게 바뀌었다.

 "그렇다면 참으로 장하구나! 이제는 무엇을 배우고 싶은지 말해 보아라."

 손오공은 기다렸다는 듯이 대답했다.

 "제가 꼭 배우고 싶은 것은 오래 살 수 있는 비법입니다. 불로장생의 비법 말입니다."

 수보리 조사는 단상에서 내려오더니 난데없이 몽둥이로 손오공의 머리를 세 번 내리쳤다. 그러고는 뒷짐을 지고 말없이 안채로 들어가 버렸다.

 "손오공, 넌 이제 스승님 눈 밖에 난 거야! 정말 큰일 났다!"

 다른 제자들이 옆에 와서 걱정해 주었지만 손오공은 빙긋이 웃기만 했다.

 그날 밤, 손오공은 잠자리에 누워서 눈을 감고 잠든 척했다. 그리고 한밤중이 되자 살며시 자리에서 일어나 스승을 몰래 찾아갔다.

 '스승님이 내 머리를 세 번 내리친 것은 삼경, 즉 한밤중에 오라는 거야. 그리고 뒷짐을 지신 것은 뒷문으로 살짝 오라는 뜻이지!'

　수보리 조사의 방문은 과연 활짝 열려 있었다.
　손오공은 살금살금 안으로 걸어 들어갔다. 역시 수보
리 조사가 손오공을 기다리고 있었다.
　"오공아, 기특하게도 내 뜻을 알아차렸구나!"
　"다 스승님이 잘 가르쳐 주신 덕분입니다."
　수보리 조사는 손오공에게 불로장생의 비법을 가르쳐 주
었다. 손오공은 매일 밤 특별한 지도를 받으면서 여러 가
지 술법을 익혔다.

그렇게 3년이란 시간이 금방 지나갔다.

"오늘은 너에게 앞으로 닥칠 삼재, 즉 세 가지 재난을 막는 술법을 가르쳐 주겠다. 앞으로 500년 뒤에 벼락이 떨어져 네 몸이 가루가 되는 것이 그 첫 번째다."

"제가 벼락을 맞게 된다고요?"

손오공은 사시나무 떨 듯이 몸을 떨었다.

"그 후로 500년이 지나면 네 몸에 불이 붙어서 재가 되는 것이 두 번째 재난이다."

"아이고! 그런 엄청난 재난이 제게 생긴단 말입니까?"

"마지막 세 번째 재난은 폭풍으로 네 몸이 가루가 되어 날아가는 것이다."

손오공은 겁에 질려서 수보리 조사 앞에 털썩 엎드린 채 빌었다.

"스승님, 저 좀 살려 주십시오! 그 삼재를 막을 수 있는 방법을 알려 주십시오."

"알았다. 그 대신 아무도 모르게 해야 한다!"

수보리 조사는 다시 3년에 걸쳐 손오공에게 최고의 도술을 가르쳐 주었다. 손오공은 목숨을 건지기 위해 절실한 마음으로 열심히 배웠다.

그러던 어느 날, 다른 제자들이 손오공을 떠보았다.

"너는 여러 가지 모습으로 변신할 수 있다며? 참말이냐?"

"같이 공부하는 사이에 거짓말을 하면 나쁘잖아. 만약 사실이라면 어디 한번 증명해 봐."

성격이 급한 손오공은 화가 났다.

"뭐, 거짓말이라고? 뭐든지 말만 해 봐. 내가 마음대로 변신할 테니까!"

"진짜? 그럼 소나무로 변해 봐."

손오공은 어깨를 한 번 으쓱한 다음, 중얼중얼 주문을 외우면서 몸을 부르르 떨기 시작했다. 그러자 손오공의 몸은 놀랍게도 푸른 소나무로 변해 버렸다.

"와! 대단하다."

"정말 변신했잖아! 손오공 최고다."

제자들이 손뼉을 치면서 소란스럽게 떠드는 소리가 수보리 조사의 귀에 들렸다.

"네 이놈, 오공아!"

수보리 조사는 얼굴이 시뻘게져서 벼락처럼 호통을 쳤다.

'아차! 큰일 났네. 스승님이 아무도 모르게 하라고 하셨는데, 이걸 어쩌지…….'

손오공은 잔뜩 풀이 죽은 얼굴로 스승의 뒤를 따라갔다.

"어리석은 오공아! 네 재주를 보였기 때문에 이제 너를 시기하고 미워하는 친구들이 생길 것이다. 앞으로 네 몸에 위험한 일이 생길 수도 있고, 나에게도 해가 되는 일이 생길 수 있다. 그러니 서둘러 이곳을 떠나도록 해라."

손오공은 눈물을 뚝뚝 흘렸다.

"스승님께 은혜도 갚지 못했는데……."

"이곳을 떠난 후에 너는 반드시 나쁜 짓을 저지르게 될 것이다. 내게 은혜를 갚고 싶다면 올바르게 살아라. 어서 떠나라!"

수보리 조사의 눈시울에도 눈물이 맺혔다.

손오공은 마음이 아팠지만 구름을 타고 고향으로 돌아갔다.

여의봉을 얻다

손오공은 떠날 때와는 달리 눈 깜짝할 사이에 화과산으로 돌아왔다.

"역시 고향에 돌아오니 기쁘구나!"

손오공이 구름에서 훌쩍 뛰어내리자 원숭이들이 숨을 죽이고 가냘프게 우는 소리가 여기저기에서 들렸다. 산은 예전의 아름답고 울창한 모습이 아니었다. 마치 다른 산에 온 것처럼 거칠고 황량한 느낌이었다.

'이게 어찌 된 일이지? 음, 아무래도 무슨 나쁜 일이 생긴 게 틀림없어!'

손오공은 사방을 둘러보면서 쩌렁쩌렁한 목소리로 외쳤다.

"애들아, 내가 돌아왔다. 신선에게 불로장생의 비법을 배우러 떠났던 미후왕이 돌아왔다!"

그러자 바위와 덤불 속에 숨어 있던 원숭이들이 하나둘 나타나 서럽게 울기 시작했다.

"대왕님, 왜 이제야 오십니까! 아주 흉악한 괴물이 나타나 우리를 못살게 굴고 있습니다. 조금만 더 늦게 오셨으면 이 수렴동도 그 괴물에게 빼앗겼을 것입니다."

손오공은 원숭이들의 말을 듣고 화가 머리끝까지 나서 소리쳤다.

"뭐가 어쩌고 어째? 가만두지 않겠다! 그 고얀 놈은 어디에 있느냐?"

"혼세 마왕이란 놈인데, 저 북쪽에 살고 있습니다."

대답을 다 듣기도 전에 손오공은 구름 위로 훌쩍 올라탔다.

"우와! 우리 대왕님이 정말 신선이 되어 돌아왔네!"

슬픔에 젖어 있던 원숭이들은 놀란 눈으로 손오공을 우러러보았다.

"너희들은 이제 아무 걱정 말고 놀면서 기다리고 있어라."

손오공은 이렇게 말하고 나서 원숭이들이 알려 준 방향으로 곧장 날아갔다. 이리저리 둘러보니 높은 산 하나가 솟아 있고

가파른 벼랑 앞에 커다란 동굴이 있었다. 동굴 문 밖에서 요괴들이 춤을 추고 있는 게 보였다.

'옳지, 저기로구나!'

손오공은 요괴들을 향해 쩌렁쩌렁한 소리로 외쳤다.

"나는 수렴동의 미후왕이다. 혼세 마왕인지 뭔지 하는 놈에게 내가 왔다고 전하라!"

요괴들은 두려움에 떨며 혼세 마왕에게 이 사실을 전했다.

"미후왕이라고? 그놈은 어떤 무기를 가지고 있더냐?"

"아무 무기도 없었습니다."

마왕은 쇠로 만든 갑옷과 투구로 무장한 채 긴 칼을 뽐내면서 걸어 나왔다.

"요 쥐새끼만 한 원숭이 놈아! 감히 아무 무기도 없이 이 대왕님을 치러 왔느냐?"

마왕은 한바탕 크게 웃으면서 시뻘건 눈을 부릅떴다.

'흥, 무기가 없다고 깔보다가는 큰코다칠 것이다. 어디 이 털맛 좀 봐라!'

손오공은 털을 한 줌 뽑아 입김으로 '훅' 불었다.

"어서 변해라, 얍!"

그러자 수백 개나 되는 털들이 금세 엄지손가락만 한 원숭이 수백 마리로 변하더니 마왕을 향해 쳐들어갔다. 손오공은 수보리 조사에게 도술을 배워서 몸에 있는 털들을 어떤 것으로든 변하게 할 수 있었다.

"뭐야, 이거!"

작은 원숭이들이 마왕의 콧구멍을 찌르고, 귀를 깨물고, 눈을 찔러 대고, 겨드랑이를 마구 간질이자 마왕은 아무 힘도 쓸 수 없었다.

"에구, 나 죽겠다!"

마왕은 쉴 새 없이 비명을 질러 댔다.

그 순간 손오공은 잽싸게 마왕에게 달려들어 칼을 빼앗고는 마왕의 정수리를 칼로 힘껏 내리쳤다. 그러자 마왕의 머리는 수박처럼 두 쪽이 나고 말았다. 손오공은 마왕의 부하들까지 모두 없애 버린 다음, 또 한 번 도술을 부려 작은 원숭이로 변했던 털들을 다시 몸에 붙였다.

"우리 대왕님이 혼세 마왕을 물리쳤다!"

"이제 살았네! 우리 대왕님 만세!"

화과산 원숭이들은 기뻐서 덩실덩실 춤을 추었다. 그런데 혼세 마왕한테 어찌나 혼이 났던지 아직도 두려움을 떨쳐 버리지 못한 원숭이가 말했다.

"대왕님! 앞으로 혼세 마왕 같은 괴물이나 무서운 적이 또 나타나면 큰일입니다. 그때를 대비해서 우리도 좋은 무기를 마련하고 힘을 키우는 게 어떨까요?"

"듣고 보니 그럴듯한 말이구나!"

손오공은 신하들 모두에게 좋은 무기를 갖게 해 주어야겠다고 생각했다. 곧바로 사람들이 사는 마을의 무기 창고로 가서 그곳에 쌓여 있는 칼, 삼지창, 도끼, 활, 화살 들을 모조리 가져와 부하들에게 나누어 주었다.

이렇게 손오공의 도술이 뛰어나다는 소문이 퍼지자, 겁을 먹은 다른 동물들이 미리 와서 매년 좋은 물건을 바치겠다고 약속하고 돌아갔다.

손오공은 혼세 마왕한테 빼앗은 칼이 쓰면 쓸수록 하찮다는 생각이 들었다.

"어디 좀 더 훌륭한 무기가 없을까? 세상에 둘도 없는 귀한 무기가 필요해!"

그러자 나이가 많아서 그동안 보고 들은 것도 많은 원숭이가 말했다.

"용왕님이 사는 바다 깊은 곳에는 뭐든지 다 있다고 들었습니다."

"옳지! 용궁에 가 봐야겠다."

손오공은 바닷속 용궁에 있는 용왕을 찾아갔다. 이제 손오공의 몸은 쇠나 돌 속까지 어렵지 않게 통과할 수 있는 능력을 가졌기 때문에 물속에 들어가는 일쯤은 아무것도 아니었다. 바다 깊은 곳까지 쉽게 헤엄을 쳐서 용궁에 도착했다.

"용왕님, 부탁이 있어 멀리서 찾아왔습니다."

갑자기 찾아온 불청객이지만 용왕은 기분 나쁜 티를 내지 않고 물었다.

"무슨 부탁인가?"

"우리 고향에 힘센 마왕 놈이 쳐들어와서 백성들을 괴롭혔습니다. 앞으로 그런 나쁜 일을 막으려면 좋은 무기가 필요합니다. 그래서 용궁에 있는 좋은 무기를 얻으려고 왔습니다."

용왕은 손오공이 하는 말이 틀리지 않았으므로 거절할 수가 없었다.

"창고 안에 있는 무기들을 내오너라."

용왕의 부하인 물고기 대신이 부하 병정들을 거느리고 여러 가지 무기를 가져왔다.

"수수깡처럼 아주 가볍군요!"

손오공은 이것저것 들어 보았지만 모두 시시하기만 했다.

"용궁에 있는 무기들이 이토록 가볍다니! 땅보다 나을 게 없
는 것 같습니다."

손오공의 말에 은근히 자존심이 상한 용왕이 말했다.

"옛날에 바다의 깊이를 잴 때 썼다는 큰 철봉이 하나 있기는
하지만……. 사람들이 금고봉이라고 부르는데, 무게가 자그마
치 1만 3,500근이나 되는 어마어마한 거라네."

손오공은 반가워서 제 무릎을 탁 쳤다.

"바로 그겁니다! 어서 보여 주십시오."

"그건 너무 무거워서 옮길 수도 없다네. 같이 가서 직접 보는 수밖에 다른 방도가 없을 듯하군."

손오공이 선뜻 용왕을 따라나섰다. 무기 창고로 들어가자, 어디선가 금빛 광채가 뿜어져 나오는 게 보였다.

"저기 빛이 나는 것이 금고봉이네."

용왕이 가리킨 곳을 바라보니 엄청 큰 쇠기둥이 있었다. 손오공은 손을 뻗어 그것을 가볍게 들어올렸다. 그러자 용왕과 다른 물고기 대신들은 눈이 휘둥그레지면서 깜짝 놀랐다.

"조금만 더 가늘면 들기 편할 것 같은데……."

손오공의 말이 끝나자마자 놀랍게도 쇠기둥이 손오공의 손에 딱 맞게 가늘어졌다. 이 금고봉은 주인이 마음먹은 대로 작아지기도 하고 커지기도 해서 '여의봉'이라고 불리는 것이었다. 손오공은 이 여의봉이 아주 마음에 들었다.

"참, 또 하나 부탁이 있습니다. 여의봉을 주신 김에 여의봉에 어울리는 갑옷과 신발도 주시면 감사하겠습니다. 만약 거절하신다면 이 여의봉이 얼마나 대단한지 이곳에서 한번 시험해 보겠습니다."

용왕은 거대한 여의봉을 들고 당당하게 서 있는 손오공의 기세에 눌려 갑옷과 신발도 내주었다.

"용왕님, 감사합니다. 하하하!"

봉황의 깃털로 장식한 금관과 금 사슬로 짠 갑옷과 구름 위에서도 신을 수 있는 연꽃 실로 짠 신발을 얻은 손오공은 신바람이 났다. 하지만 용왕은 속으로 몹시 기분이 상했다.

"두고 보자, 원숭이 녀석!"

손오공의 뒤통수를 흘겨보며 꾹 참던 용왕은 손오공이 돌아가자마자 상소문을 써서 하늘나라 옥황상제한테 올렸다.

이런 줄도 모르고 손오공은 마냥 기분이 좋아서 우쭐거리며 화과산으로 돌아왔다.

"얘들아, 내가 마음만 먹으면 무엇이든 다 이룬다는 것을 보여 주마! 용궁에서 가져온 무기를 보아라."

손오공은 부하들을 불러 놓고 자랑했다.

"아이고, 이렇게 큰 쇠기둥을 어떻게 쓰려고 가지고 오셨습니까?"

손오공은 자기의 재주를 보여 주려고 여의봉을 들고 주문을 외웠다.

"작아져라, 얍!"

그러자 여의봉은 순식간에 바늘처럼 작아졌다.

"와아! 대왕님은 정말 대단하십니다!"

"맙소사! 내 눈으로 보고도 믿어지지가 않아요! 우리 대왕님이 최고야, 최고!"

부하들은 입을 딱 벌리고 어쩔 줄을 몰라 했다.

"자, 이번에는 길게 만들 테다. 길어져라, 얍!"

그러자 바늘같이 작았던 여의봉이 쑥쑥 늘어나더니 가장 높은 산보다 더 커졌다.

"우와, 대단하다!"

"세상에 이런 일이!"

부하들은 연신 감탄을 하느라 침이 다 말랐다.

손오공은 실컷 자랑하고 나서 여의봉을 바늘처럼 작게 만들어 귓속에 넣어 두었다.

하늘나라 말썽꾸러기

손오공은 천하를 얻은 것처럼 우쭐해서 구름을 타고 다니며 실컷 놀았다. 그러던 어느 날, 하도 놀아서 피곤해진 손오공은 깊은 잠에 빠졌다. 그리고 이상한 꿈을 꾸었다.

꿈속에서 수상한 두 남자가 손오공에게 다가왔다. 똑같이 검은 옷을 입은 두 남자는 번개같이 빠른 동작으로 손오공을 밧줄로 꽁꽁 묶어 끌고 갔다. 손오공은 질질 끌려서 어느 성 앞에 다다랐는데, 성에 걸린 간판을 보고는 기절할 듯이 깜짝 놀랐다.

'저승계? 염라대왕이 사는 지옥이잖아! 여기에 내가 왜 온 거지?'

손오공은 지옥으로 끌려왔다는 사실에 무척 화가 났다. 자신을 묶은 밧줄을 순식간에 풀어 버리고는 귀에서 여의봉을 꺼내 두 저승사자를 흠씬 두들겨 패 주었다. 그러고는 염라대왕이 있는 곳으로 뛰어 들어갔다.

"염라대왕은 지금 어디 있느냐? 난 도술을 배웠으니 염라대왕쯤은 하나도 무섭지 않아!"

보고를 받은 염라대왕이 손오공을 맞이했다.

"대체 나를 왜 잡아 온 거요?"

"아마도 저승사자가 실수를 한 모양입니다. 세상에는 똑같은 이름을 가진 이들이 많으니까요. 그만 진정하시지요."

손오공은 염라대왕의 사과를 받고도 분이 풀리지 않았다. 염라대왕이 들고 있던 '염라첩'을 냉큼 빼앗아 읽어 보았다. 장부에는 이 세상에 살고 있는 모든 사람과 동물들의 수명이 적혀 있었다.

"어디 보자. 아니, 내 수명이 기껏 342세란 말이야? 절대 그럴 순 없지. 천만의 말씀!"

손오공은 붓에다 먹을 듬뿍 묻혀 그 글자들을 쓱쓱 지워 버렸다. 내친 김에 다른 원숭이들의 이름도 까맣게 칠해 버렸다. 손오공은 두 손바닥을 툭툭 털면서 일어났다. 그다음 여의봉으로 지옥문을 부수고 달아나다가 꿈에서 깼다.

"대왕님, 이제 일어나셨습니까? 얼마나 피곤하셨으면 이렇게 오랫동안 주무십니까?"

손오공은 저승에서 일어난 일을 부하들에게 말했다. 그 말을 들은 원숭이들은 머리를 조아리며 고마워했다.

지금도 산에 사는 원숭이들이 오래 사는 까닭은 손오공이 그때 꿈속에서 염라첩을 몽땅 지워 버렸기 때문이라고 한다.

한편 하늘나라의 대궐에서는 옥황상제가 여러 신하들과 심각한 회의를 하고 있었다.

"용왕의 상소문을 보니 손오공이라는 원숭이가 용궁에 들이닥쳐 여의봉과 갑옷을 빼앗았다 하던데, 손오공이 도대체 어떤 놈인가?"

그때 서기를 맡은 신하가 편지 한 장을 들고 황급히 뛰어 들어왔다.

"염라대왕이 보낸 편지를 가져왔습니다."

옥황상제는 편지를 펼쳐 보았다. 편지의 내용은 손오공이 지옥에 와서 염라첩을 까맣게 칠해 놓고 도망을 갔으니, 그 괴상한 놈을 혼내 달라는 것이었다.

"손오공이라고? 이번에도 그놈이 말썽을 부렸단 말인가?"

옥황상제는 장수 천리안과 순풍을 불러서 심부름을 시켰다.

"그 손오공이란 놈을 자세히 조사해 오너라."

천리안과 순풍은 손오공에 대해서 알아보러 즉시 지상으로 내려갔다. 천리안과 순풍의 보고를 들은 옥황상제는 걱정이 이만저만이 아니었다.

"300년 전에 태어난 그 돌 원숭이가 손오공이란 말이지? 게다가 신선의 도술을 익혀서 아무도 대들 수가 없다니 어떻게 해야 한단 말인가!"

그러자 태백 금성이라는 노인이 앞으로 나와 옥황상제한테 말했다.

"한 가지 좋은 방법이 있사옵니다. 손오공한테 보잘것없는 직책을 하나 주어서 적당히 구슬리면, 기분이 좋아져서 더 이상 못된 장난을 하지 않을 것입니다."

깊은 생각에 잠겼던 옥황상제가 한참 만에야 고개를 끄덕이며 명령했다.

"그럼 그렇게 하라."

금성 노인은 구름을 타고 곧장 화과산 수렴동으로 내려갔다. 금성 노인을 본 문지기 원숭이가 손오공에게 알렸다.

"나는 옥황상제의 명을 받은 사신이오. 그대는 속히 하늘나

라로 올라가서 벼슬을 받으시오."

금성 노인의 말을 들은 손오공은 무척 기뻤다.

"뭐, 나한테 벼슬을 준다고? 그러잖아도 하늘나라를 한번 여
행해 보고 싶었는데, 마침 잘됐군그래."

손오공은 하늘나라에 벼슬을 하러 가는 자신이 아주 대단한
존재라고 생각되었다.

하늘나라로 올라간 손오공은 '필마온'이란 직책을 받았다. 하
늘에 있는 천마를 돌보는 일이었다. 필마온이 얼마나 하찮은
벼슬인지 모르는 손오공은 신바람이 나서 열심히 일했다. 덕
분에 1,000마리나 되는 천마들은 살이 포동포동 오르기 시작
했다.

며칠이 지나 손오공을 환영하는 잔치가 열렸다.

"천마를 1,000마리나 돌보는 내 벼슬은 과연 어느 정도 높은
것이지?"

손오공의 말을 들은 말먹이꾼 한 사람이 한심하다는 듯 코웃
음을 치며 말했다.

"손 형, 바보 아니오? 지금 손 형이 하는 일은 벼슬이랄 것
도 없소. 그게 말 머슴이지 뭐요, 제일 하찮은 자리요."

손오공은 얼굴이 붉으락푸르락하더니 펄펄 뛰었다.

"다들 짜고서 나를 속였단 말이냐? 이 손오공은 화과산의 대왕이란 말이다. 10년이 넘게 신선 밑에서 도술을 배운 나한테 머슴이 하는 일을 시킨 거라고?"

손오공은 화가 잔뜩 나서 여의봉을 휘두르면서 화과산으로 내려와 버렸다.

하늘나라 사정을 모르는 화과산의 원숭이들은 미후왕이 돌아왔다고 만세를 부르며 모두 좋아했다.

손오공은 하늘나라에서 겨우 열흘을 머물렀을 뿐인데 그동안 하늘 아래 세상은 10년이 후딱 지나가 있었다. 손오공은 그간 있었던 일들을 물어 보고, 또 하늘나라가 어떻게 생겼는지 설명해 주면서 부하들과 즐거운 시간을 보냈다.

어느 날 머리에 뿔 하나가 쫑긋 솟은 도깨비같이 생긴 귀신이 나타났다.

"신선처럼 도술이 뛰어난 미후왕께 옷을 한 벌 드리려고 왔습니다."

손오공은 회색 옷을 받고는 마음에 들어서 입이 귀까지 벌어졌다.

"대왕님은 하늘나라에서도 벼슬을 하셨다던데 무슨 벼슬을 하다 오셨습니까?"

외뿔 귀신이 이렇게 묻자, 손오공은 또다시 흥분했다.

"흥, 놈들한테 내가 감쪽같이 속아서 말 머슴 노릇을 하다가 왔다네. 벼슬도 그런 거지 같은 벼슬이 어디 있냐 말이야."

"그건 말도 안 됩니다. 대왕님처럼 도술이 뛰어난 분은 하늘 나라 사람들과 같은 직위에 있어야 마땅하지요!"

손오공은 그 말을 듣자 기분이 금세 좋아졌다.

"옳지! 이제부터 하늘과 똑같은 직위를 가졌다는 뜻으로 나를 '제천 대성'이라 부르게 할 테다."

손오공은 자기 스스로 벼슬을 정하면서 마음을 달랬다. 그리고 다시는 하늘나라 사람들한테 속아서 말 머슴 따위 일을 하지는 않을 것이라고 결심했다.

한편 하늘나라 옥황상제는 손오공이 일으킨 소동을 듣고 몹시 화가 났다.

"당장 잡아 오너라!"

하늘나라 군사의 대장인 탁탑 천왕과 그의 아들 나타 태자는 옥황상제의 명을 받아 군사들을 이끌고 화과산으로 내려왔다. 탁탑 천왕이 원숭이들을 향해 외쳤다.

"필마온은 어서 나와 항복하라!"

다른 원숭이들이 벌벌 떨며 손오공에게 알렸다. 손오공은 여의봉을 손에 들고 나왔다.

"뭐? 필마온이라고? 이놈들아, 나는 제천 대성이란 말이다! 목숨만은 살려 주겠으니, 어서 옥황상제한테 가서 나를 제천 대성이란 벼슬로 인정하라고 전해라. 그러지 않으면 당장 하늘나라에 쳐들어가서 박살을 내고 아예 모조리 부숴 버릴 것이다!"

손오공이 쩌렁쩌렁 소리를 지르자 하늘나라 군사들은 기가 막혔다.

"이 무엄한 놈아! 감히 하늘나라 사람들과 같은 직위를 가졌다고?"

하늘나라 군사들이 코웃음을 치며 손오공에게 달려들었다. 그러나 72가지나 되는 신선의 도술을 익힌 손오공은 그들을 마치 어린아이 다루듯이 마구 두들겨 주었다.

하늘나라 군사들은 기겁을 하고 모두 말 머리를 돌려 하늘로 도망쳐 올라갔다. 일이 이렇게 되자 하늘나라에서는 골칫거리가 생긴 셈이었다.

"원숭이 주제에 어찌 그리 오만하더냐. 군사를 더 보내 그놈을 당장 잡아 오너라!"

크게 노한 옥황상제가 명령했다.

하지만 금성 노인은 이번에도 손오공을 부드럽게 달래자는 의견을 내놓았다.

"제가 보기에 저 손오공이란 놈은 바보입니다. 실제로는 어떻든 그저 저를 훌륭하다고 칭찬해 주면 무조건 좋아하는 단순한 놈이지요. 그러니 그가 원하는 대로 '제천 대성'이라고 인정해 주면 어떻겠습니까? 그렇게만 한다면 그놈도 다시는 덤비지 않을 것입니다. 괜히 많은 군사들을 고생시키는 것보다 그편이 낫다고 생각되옵니다."

한참을 고민하던 옥황상제는 금성 노인의 의견을 받아들였다. 그리하여 금성 노인은 다시 화과산으로 내려왔다.

"옥황상제께서 그대를 제천 대성에 임명하셨소. 어서 하늘나라로 올라갑시다."

"으하하하! 나는 옥황상제가 인정한 진짜 제천 대성이다."

손오공은 하늘나라를 다 가진 것처럼 기뻐서 어쩔 줄 몰라했다.

부처님 손바닥에서 놀다

손오공은 제천 대성이 되었지만 이름뿐인 벼슬이라서 딱히
할 일이 없었다. 그저 매일매일 이리저리 쏘다니며 지냈다. 이
를 염려스러워하던 한 신하가 옥황상제에게 말했다.

"제천 대성은 원래 여기저기 말썽을 피우던 자가 아닙니까.
이렇게 하는 일 없이 한가롭게 지내다가 무슨 일을 저지를까
걱정되옵니다. 차라리 일을 맡겨 딴생각을 못 하게 하시는 게
어떨는지요?"

이 말을 들은 옥황상제는 고개를 끄덕이고는 손오공을 불러
신선들의 복숭아밭인 반도원을 관리하는 일을 맡겼다.

신선들의 복숭아나무는 모두 합쳐서 3,600그루였다. 그 나

무들은 삼천 년, 육천 년, 구천 년 만에 한 번씩 열매가 열리는 신비스러운 나무였다. 게다가 그 열매를 먹으면 신선이 되어 늙지도 않고 죽지도 않으며 영원히 살 수도 있었다.

손오공은 복숭아밭을 돌아다니며 복숭아들이 빨갛게 익어 가는 모습을 보고 군침을 삼켰다. 하지만 부하들이 졸졸 따라다녀서 먹을 수가 없었다. 꼭 한 번 맛을 보고 싶은 마음이 나날이 간절해졌다.

어느 날, 손오공은 꾀를 내어 부하들에게 시치미를 떼며 말했다.

"열심히 일했더니 피곤하구나. 잠시 쉴 테니 너희들은 멀리 나가 있어라."

부하들이 물러가자 손오공은 잘 익은 복숭아만 골라서 배가 부르도록 실컷 따 먹었다.

"냠냠, 정말 입속에서 사르르 녹는구나!"

배가 부르자 만족한 손오공은 잠이 솔솔 왔다. 그래서 작은 복숭아 애벌레로 변신하여 복숭아나무 위에 올라가 낮잠을 잤다.

하필 그날은 옥황상제의 부인인 서왕모가 손님들을 초대해서 복숭아를 대접하기로 한 날이었다. 선녀 일곱 명이 바구니를 들고 복숭아밭으로 왔다.

"제천 대성님이 어디에 가셨지? 급하니까 먼저 따고 나중에 말씀드려야겠네!"

선녀들은 복숭아를 직접 따기 시작했다.

"어머, 참 이상하다! 잘 익은 복숭아들이 많았는데 다 사라 져 버렸잖아."

"여기 반쯤 익은 거라도 따야겠어!"

선녀 한 명이 손을 뻗어서 가지를 잡아당겼는데, 그 가지는 손오공이 잠들어 있던 가지였다. 손오공은 잠결에 퍼뜩 놀라 서 얼른 본래의 모습으로 돌아왔다.

"누구냐? 복숭아를 훔쳐 먹는 도둑놈이!"

선녀들은 여의봉을 휘두르는 손오공의 모습에 벌벌 떨면서 사실대로 말했다.

"뭐야? 귀한 손님들이 오는 자리에 왜 나를 초대하지 않은 거지?"

화가 난 손오공은 선녀들에게 '돌처럼 굳어라!' 하고 주문을 외워 꼼짝도 못하게 해 놓았다. 그러고는 구름을 타고 서왕모 의 궁전으로 날아갔다.

안에 들어가니 맛있는 음식이 한 상 가득 차려져 있었는데 아직 손님은 한 사람도 오지 않았다.

"세상에, 이런 귀한 음식들은 처음 보는걸!"

손오공은 진귀한 요리들을 보고 넋이 빠졌다. 용의 간, 곰의 발바닥, 상어 지느러미 등 없는 것이 없었다. 게다가 술독에는 향기로운 술이 철철 넘쳤다.

"에이, 도저히 못 참겠다!"

손오공이 털을 한 줌 뽑아서 졸음벌레 몇 마리를 만들었다. 요리사들에게 훅 날려 보내자, 요리사들은 금방 깊은 잠에 빠졌다. 손오공은 마음 놓고 음식들을 마구 집어 먹었다. 향기로운 술도 벌컥벌컥 물처럼 마시는 바람에 손오공은 금세 취해 버렸다.

"음냐, 음냐. 내가 잠깐 졸았군!"

술이 깬 손오공은 그제야 사태가 심각한 것을 깨달았다. 진귀한 요리가 잔뜩 차려진 잔칫상은 이미 엉망이 되어 있었다.

"아차! 큰일 났구나. 붙잡히기 전에 어서 도망가야지!"

손오공은 속으로 덜덜 떨면서 화과산으로 도망을 쳤다.

하늘나라에서는 보통 난리가 난 것이 아니었다. 손오공이 복숭아를 마구 훔쳐 먹은 것과 서왕모의 잔치를 엉망으로 만든 것을 모두 알게 된 것이다.

"이제는 도저히 용서할 수 없다! 한낱 원숭이 한 마리가 감히 하늘을 어지럽히다니."

옥황상제는 사대 천왕과 탁탑 천왕에게 하늘나라 군사 10만 명을 주어 손오공을 잡도록 했다.

"이 천하에 못된 원숭이 손오공은 어서 나와 무릎을 꿇라!"

사대 천왕과 탁탑 천왕이 벼락같이 소리를 질렀다. 그러나 잠자코 있을 손오공이 아니었다.

"흥! 웃기는 소리. 어림도 없다!"

손오공은 콧방귀를 뀌며 여의봉을 들고 부하들과 나타났다.

그러나 계란으로 바위 치기였다. 원숭이들은 금방 하늘나라 군사들한테 잡히거나 도망을 가고 말았다. 오직 손오공과 몇몇 원숭이들만 하늘나라 군사들을 상대로 싸울 뿐이었다. 한참 싸우다 보니 날이 어두워졌다.

불리해진 손오공은 털을 한 움큼 뽑아 입속에 넣고 씹은 다음 '변해라, 얍!' 하고 소리치면서 내뿜었다. 그러자 털들은 수천 명의 손오공이 되어 사대 천왕과 탁탑 천왕을 물리쳤다.

"우리가 이겼다! 하하하, 하늘나라 군사들도 별것 아니군."

손오공과 부하들은 밤새 승리를 축하하는 잔치를 벌였다.

한편 서왕모의 초대를 받고 제자 혜안과 함께 왔던 관음보살은 손오공의 행패로 잔치를 열 수 없게 되었다는 얘기를 들었다. 관음보살은 옥황상제에게 손오공에 대해 이것저것 자세히 물어보았다.

"그 원숭이 놈 때문에 내가 아주 못살겠습니다. 많은 군사들을 보내도 그놈에게 속수무책으로 당하고만 있으니……."

관음보살이 묵묵히 이야기를 듣고는 옥황상제에게 말했다.

"폐하의 조카인 이랑 진군이라면 그 원숭이를 잡을 수 있을 것입니다."

"오오, 알겠습니다. 여봐라, 이랑 진군을 당장 불러들이라!"

옥황상제의 명령을 받은 이랑 진군은 다음 날 여섯 명의 용사들을 데리고 화과산으로 쳐들어갔다. 그들은 원숭이가 제일 싫어하는 솔개와 개들을 몰아서 겁을 주면서 활을 계속 쏘아 댔다. 그 바람에 원숭이들은 갑옷도 내던져 버리고 도망쳤다. 부하들이 달아나는 모습을 본 손오공은 당황했다.

"작은 참새로 변해라, 얍!"

손오공은 얼른 도술을 부려 참새로 변해서 도망가려고 했다. 그러자 이랑 진군도 도술을 부려 큰 소리개로 변했다.

"아이쿠, 들켰구나! 이번에는 물고기가 되어라, 얍!"

손오공은 개천으로 뛰어들었다. 그러자 이랑 진군도 물새로 변신하여 물고기를 쪼려고 덤볐다.

"으이그, 이번에는 끈질긴 강적을 만났네! 그렇다면 물뱀이 되어라, 얍!"

손오공은 물뱀이 되어 풀숲으로 기어갔다. 그러자 이랑 진군은 금방 황새가 되어 저벅저벅 쫓아왔다.

"정말 못살겠다!"

손오공은 할 수 없이 본래의 모습으로 돌아왔다. 그러고는 귓속에 감춰 둔 여의봉을 얼른 꺼냈다.

옥황상제와 태상 노군, 관음보살은 손오공과 하늘나라 군사들이 팽팽하게 맞서서 싸우는 모습을 하늘에서 내려다보고 있었다. 태상 노군이 관음보살과 옥황상제에게 말했다.

"역시 이랑 진군은 대단하군요. 이제 제가 힘을 조금 보태서 저 원숭이를 사로잡아 보겠습니다."

태상 노군은 팔에 끼고 있던 팔찌를 빼서 하늘 아래로 던졌다. 팔찌는 환한 빛을 내뿜으면서 떨어지더니 손오공의 머리 위에 씌워졌다.

"아니, 이게 뭐야!"

손오공이 머리를 만지는데, 사나운 개가 나타나 손오공의 허벅지를 꽉 깨물었다. 결국 손오공은 하늘나라 군사들한테 붙잡혀 옥황상제 앞으로 끌려갔다.

"당장 저 원숭이를 없애라!"

옥황상제의 명령을 받은 신하들은 손오공의 몸을 칼로 쳤지만 베어지지 않았다. 활로 손오공의 심장을 쏘면 화살이 부러졌고, 번갯불로 몸을 지져 보아도 자국 하나 남지 않았다.

이미 하늘나라 복숭아를 실컷 먹고 신선주까지 마신 손오공은 신선과 같은 몸이 되어 버렸기 때문이었다.

"이렇게 해도 죽지 않고, 저렇게 해도 죽지 않는 몸이 되어 버렸으니 어찌할꼬."

옥황상제가 긴 한숨을 내쉬자, 태상 노군이 새로운 방법을 말했다.

"제게 이 일을 맡겨 주십시오. 신선들의 약을 볶는 가마솥 아궁이 속에 밀어 넣으면 약이 다 될 무렵엔 자연히 재가 될 것입니다."

"음, 좋은 방법이오. 그렇게 하시오."

태상 노군은 손오공을 아궁이 속에 밀어 넣고 불을 아주 뜨겁게 활활 지폈다. 하지만 손오공은 아궁이 한구석에 작은 바람구멍이 나 있는 것을 발견하고는 그리로 가 숨었다. 연기 때문에 눈이 매웠지만 꾹 참고 견디었다. 그렇게 49일이 지나갔다.

"손오공이 재가 되었으면 고약으로 만들어야지!"

아궁이 속에서 태상 노군의 말을 엿들은 손오공은 문이 열리자마자 튀어나왔다. 놀란 태상 노군이 다시 잡으려고 했지만 손오공에게 얻어맞기만 했다.

"흥! 이젠 내가 옥황상제한테 복수할 차례다!"

손오공은 여의봉을 꺼내 들고 옥황상제가 있는 곳으로 후다닥 달려갔다.

이 소식을 듣고 당황한 옥황상제는 36명의 번개 장수들을 불러서 손오공을 꽁꽁 묶으라고 했다. 그러나 손오공은 머리가 셋, 팔이 여섯인 몸으로 변신해서 세 개의 여의봉을 휘둘렀다. 번개 장수들은 36명이나 되었지만 속수무책으로 당하고 말았다.

"이제는 서쪽의 천축 나라에 있는 석가여래님의 힘을 빌리는 방법밖에 없다!"

옥황상제의 부름을 받은 석가여래는 두 제자 아난과 가섭을 데리고 뇌음사를 떠나 하늘나라로 왔다. 석가여래는 옥황상제를 따스하게 위로해 주었다.

"너무 염려 마십시오. 제가 달래 보겠습니다."

석가여래가 번개 장수들에게 물러나라고 말한 뒤 손오공을
불렀다. 손오공은 석가여래를 무서운 눈으로 흘겨보았다.

"어느 절에서 굴러다니던 중놈이기에 감히 내 싸움에 끼어드
는 거냐?"

손오공이 거칠게 말했지만, 본래 성품이 너그러운 석가여래는 그저 빙그레 웃기만 했다.

"난 서쪽 나라의 극락세계에 있는 석가모니다. 그런데 자네는 무슨 이유로 하늘나라에 와서 이토록 소란을 피우는가?"

손오공은 석가여래의 부드러운 말씨에 더 이상 욕을 할 수가 없었다.

"나는 하늘나라를 차지할 것이다. 신선의 도술을 배운 내게 땅 위는 너무 좁고 갑갑하니 이제는 넓은 하늘나라에서 살아야겠다."

석가여래는 어처구니가 없어서 또 한 번 웃었다.

"옥황상제님은 1,750겁이라는 긴 세월 동안 도를 닦은 끝에 지금 상제의 자리에 오르셨다. 한 겁은 12만 9,900년을 말하는 것이니, 얼마나 오랜 세월 동안 수양을 하셨는지 알겠지? 그런데 고작 원숭이인 네가 무슨 재주가 있기에 하늘나라를 차지하겠다는 것이냐."

"난 72종류의 둔갑술을 할 수 있고, 구름을 타면 단숨에 1만 8,000리를 날 수도 있다!"

손오공이 잔뜩 뽐내자 석가여래가 큰 소리로 웃었다.

"그렇다면 나하고 내기를 한번 해 보세. 자네가 구름을 타고 내 손바닥을 벗어날 수 있다면, 옥황상제께 잘 말씀드려 하늘 나라를 물려주도록 하지. 하지만 만일 내 손바닥을 빠져나가지 못한다면 자네는 당장 땅으로 내려가 몇 겁을 수행해야 할 것이다."

이번에는 손오공이 가소롭다는 듯이 깔깔거리며 웃었다.

"넌 머리가 나쁘구나! 내가 구름을 잡아타면 단숨에 1만 8,000리를 간다고 말해 줬건만."

"자, 그럼 내기를 해 보겠나?"

"좋아! 하늘나라를 차지할 절호의 기회를 내가 마다할 리 없지. 나랑 한 약속이나 잘 지키라고."

석가여래가 오른손을 펼쳐 들자, 손오공이 몸을 훌쩍 날려 석가여래의 손바닥 한가운데에 섰다.

'이까짓 손바닥쯤이야.'

손오공은 구름을 타고 바람같이 날아갔다. 한참 가다 보니, 살빛으로 보이는 기둥 다섯 개가 나란히 서서 푸른 하늘을 떠받치고 있는 게 보였다.

"벌써 하늘의 끝에 왔네! 이래서 내가 쉽게 이길 줄 알았다니까. 옳지, 내가 왔다 갔다는 증거를 남겨야 나중에 바보 같은 석가여래가 딴소리를 못 하겠지. 헤헤헤."

손오공은 털 하나를 뽑아 붓으로 둔갑시킨 다음 우뚝 솟아 있는 가운데 기둥에다 다음과 같은 글자를 적었다.

'제천 대성 여기에 왔다 가셨노라.'

그러고는 제일 오른쪽 기둥뿌리에 기념으로 오줌도 찔끔 누었다.

처음 출발한 자리로 돌아온 손오공은 거만한 표정을 지으며 큰소리를 쳤다.

"자, 나는 하늘 끝까지 갔다 왔다. 이제 내게 하늘나라를 주겠다고 한 약속을 지키시지!"

석가여래는 호통을 치며 말했다.

"이 오줌싸개 원숭아, 너는 내 손바닥에서 한 걸음도 못 벗어난 사실을 아직도 모르느냐?"

"무슨 소리냐? 난 하늘 끝까지 가서 기둥에다 증거로 글씨까지 새기고 왔단 말이다."

"이걸 보아라."

석가여래는 손바닥을 펴서 손오공이 글씨를 새긴 자신의 가운뎃손가락을 보여 주었다. 손오공이 믿기지 않는 얼굴로 더욱 유심히 살펴보니 엄지손가락 뿌리에는 자신이 오줌을 눈 흔적까지 그대로 남아 있었다.

"으앗! 어떻게 이런 일이……."

천하의 콧대 높은 손오공도 뒤로 넘어갈 만큼 놀랐다.

석가여래는 손바닥을 오므려 손오공을 꽉 쥔 다음, 저 멀리 내동댕이쳤다. 그리고 다섯 개의 손가락을 본떠 '오행산'이라는 바위산을 만들어 놓은 뒤 그 오행산 안에 손오공을 가뒀다. 하지만 쉽게 갇혀 있을 손오공이 아니었다.

"당장 나를 풀어 줘!"

손오공이 빠져나오려고 머리를 내밀자 석가여래는 소매에서 부적을 꺼내 오행산 꼭대기에 붙였다. 그러자 오행산과 땅이 딱 맞붙어 버렸다. 손오공은 머리만 밖으로 내놓은 채 꼼짝 없이 갇혀 있을 수밖에 없었다.

석가여래는 주위의 토신들에게 이렇게 말했다.

"앞으로 500년 동안 저 원숭이를 여기에 가둘 것이니, 그가 배고프다면 쇠구슬을 먹이고 목이 마르다면 쇳물을 먹여라. 그래서 죄를 뉘우칠 때가 되면 누군가 구해 주러 올 것이다."

삼장 법사의 제자가 되다

어느덧 손오공이 오행산에 갇힌 지도 500년이 지났다.

어느 날, 석가여래는 여러 제자들을 모아 놓고 이런 이야기를 했다.

"지금 먼 동쪽에 있는 당나라에는 성질이 사나워 나쁜 짓을 서슴없이 저지르는 사람들이 많다. 아무래도 '불경'을 전해 그들의 어리석음을 깨우쳐 주어야겠다. 당나라에 가서 훌륭한 사람을 찾아 우리 천축(고대 중국에서 인도를 가리키는 말)으로 불경을 가지러 올 수 있게 해 보아라."

석가여래의 말을 들은 여러 제자들 가운데 관음보살이 앞으로 나섰다.

"제가 당나라에 가서 불경을 가지러 올 만한 훌륭한 사람을 골라 보겠습니다."

"훌륭한 사람을 찾거든 금실로 수를 놓은 가사와 지팡이를 전해 주어라. 그러면 천축까지 무사히 올 수 있을 것이다. 그리고 이 금 고리 세 개는 그의 제자가 될 요물에게 씌우게 하라. 그럼 꼼짝 못 하고 말을 잘 듣게 될 것이다."

관음보살은 석가여래가 준 보물을 조심히 받아 들고 제자인 혜안과 함께 당나라로 떠났다.

한참을 가던 두 사람은 폭이 1,000킬로미터가 넘는 굉장히 큰 강을 건너게 되었다. '유사하'라는 이름의 강이었다.

"평범한 사람은 도저히 건너기 힘든 강이로구나."

관음보살이 강을 바라보는데, 갑자기 커다란 파도가 치더니 강이 쩍 갈라졌다. 그 속에서 허리에 사람 해골 아홉 개를 찬, 얼굴이 시커먼 괴물이 나타났다. 괴물은 지팡이로 관음보살을 치려고 했다. 그러자 혜안이 쇠몽둥이로 괴물을 막으며 소리를 질렀다.

"난 관음보살님의 제자인 혜안이다. 너는 어째서 감히 관음보살님께 덤비느냐?"

그러자 괴물은 지팡이를 내던지고 털썩 엎드렸다.

"관음보살님, 제가 죽을죄를 지었습니다. 저는 지난날 하늘에서 관리로 있던 몸인데, 죄를 짓고 이 꼴로 쫓겨났습니다. 배고픔을 참을 수 없어 지나가는 사람을 잡아먹게 된 것입니다. 부디 이 불쌍한 몸을 구원해 주십시오!"

"하늘에서 죄를 짓고 쫓겨 내려와서도 또 이렇게 다른 생명을 해치는 것이냐? 하지만 네 소원이 그렇다면 한 가지 방도가 있다. 머지않아 천축으로 불경을 가지러 가는 스님이 강을 건널 때, 함께 천축으로 오면 네 죄는 저절로 없어질 것이다."

"정말입니까? 꼭 그 말씀을 따르겠습니다."

"네 이름을 '사오정'이라 지어 주마. 이제부터 새로운 삶을 살아라."

관음보살은 다시 길을 떠났다. 이번에는 산기슭에서 또 이상한 괴물을 만났다. 얼굴 생김새가 돼지를 닮은 이 괴물은 쇠갈퀴처럼 생긴 무기를 들고 덤볐다. 혜안과 괴물이 서로 싸우고 있을 때, 관음보살은 구름 위에 올라가 아름다운 연꽃을 날려 보냈다.

"하늘에서 연꽃이 내려오네!"

괴물이 하늘을 올려다보자 구름 위의 관음보살이 말했다.

"나는 관음보살이다."

그러자 괴물은 쇠갈퀴를 내던지고 땅바닥에 엎드렸다.

"보살님! 몰라 뵈어 죄송합니다. 부디 저를 살려 주십시오. 저는 본래 하늘에 있는 은하수의 대장이었는데 죄를 지어 이런 괴물로 변했습니다. 그후 굶주림을 견딜 수 없어 사람을 잡아먹은 것입니다. 부디 이 불쌍한 놈을 구해 주십시오!"

"네 마음이 그렇다면 구원 받을 길이 있다. 천축으로 가는 스님이 이곳을 지나갈 때 같이 따라가도록 해라. 그러면 자연히 죄를 씻게 될 것이다."

"꼭 그 스님을 따라가겠습니다."

"그렇다면 새롭게 시작하는 네 인생을 위해 너의 이름을 '저오능'이라고 지어 주마."

관음보살과 혜안은 또 길을 가다가 이번에는 공중에 매달려 고통을 받고 있는 용을 만났다.

"저는 원래 서해 용왕의 아들인데 죄를 지어 이렇게 벌을 받는 중입니다. 저를 좀 살려 주세요!"

관음보살은 용이 눈물을 흘리자 구해 주었다.

"네 죄를 벗어나려면 불경을 가지러 가는 스님이 타고 갈 말이 되도록 해라. 그렇게 하면 너는 곧 죄를 벗어날 것이다."

그러자 용은 고개를 끄덕이며 고마워했다.

어느덧 오행산에 도착한 관음보살은 손오공을 발견했다.

"온갖 나쁜 짓을 다 해서 그 벌로 석가여래님이 저렇게 가두어 두셨답니다."

혜안의 말대로 손오공은 바위 틈에 꼭 끼어 꼼짝도 못 했다.

"손오공아, 나를 알겠느냐?"

손오공은 눈물이 글썽글썽했다.

"인정이 많으신 관음보살님이 아니세요! 그동안 어느 한 사람 저를 위로해 주지 않았고, 찾아온 적도 없답니다. 제발 500년 동안 갇혀 있는 저를 구해 주세요!"

"거기에서 빠져나오면 또다시 예전처럼 여기저기 다니면서 해를 끼칠 것이 아니냐?"

그러자 손오공은 고개를 절레절레 저으며 말했다.

"아니에요! 저는 과거 일을 깊이 반성하고 있습니다."

그 말을 들은 관음보살은 마음속으로 무척 기뻤다.

"그렇다면 너를 구해 줄 방법을 가르쳐 주마. 지금 나는 당나라로 가서 천축에 불경을 가지러 갈 스님을 찾아야 한다. 그 스님이 이곳을 지나갈 때, 그분의 제자가 되어 함께 천축으로 오너라."

관음보살님의 말에 손오공은 뛸 듯이 기뻤다.

"그렇게 하면 제 죄를 다 씻게 됩니까? 보살님, 맹세하겠습니다. 보살님이 시키는 대로 하고말고요."

관음보살과 혜안은 다시 발걸음을 재촉하여 당나라에 도착했다. 당나라의 수도인 장안에서는 큰 법회가 열리고 있었다. 태종 임금은 불교에 대한 열성이 대단해서 매일같이 법회를 열었다. 그날은 현장 법사가 법회를 하기로 되어 있었다.

거지 중으로 변장한 관음보살과 혜안은 석가여래한테서 받은 가사와 지팡이를 들고 다니며 '가사와 지팡이를 팝니다!' 하고 외쳤다. 그러나 값이 너무 비싸서 아무도 사지 않았다.

마침 그 곁을 지나던 궁궐 관리가 두 사람을 태종에게 데려갔다.

"가사는 5,000냥이고 지팡이는 2,000냥이라 했소? 마침 내가 현장 법사라는 스님을 모셔왔는데, 이 가사와 지팡이를 선물로 드리고 싶소."

"현장 법사라면 믿음이 깊으신 스님 아닙니까? 그런 분이라면 그냥 드리겠습니다."

두 사람은 가사와 지팡이를 놓아두고 홀연히 사라졌다.

태종은 현장 법사를 불러 가사와 지팡이를 주었다. 가사는 현장 법사의 몸에 꼭 맞았다.

이윽고 현장 법사의 설법이 시작되었다. 전국에서 많은 사람들이 구름처럼 모여들었다. 관음보살은 현장 법사의 설법을 듣다가, 그의 인품을 알아보기 위해 일부러 큰 소리로 끼어들었다.

"스님의 설교는 석가여래의 진짜 불경이 아니오! 이왕이면 진짜 부처님 말씀인 대승 불법을 배워 많은 사람들을 깨우치는 것이 어떻겠소?"

사람들은 웅성웅성 떠들기 시작하고 분위기는 찬물을 끼얹은 것처럼 썰렁해졌다. 그러나 현장 법사는 그 무례한 말에도 화내지 않고 부끄러운 표정을 지으며 단에서 내려왔다. 그러고는 초라한 거지 중에게 공손히 절을 하며 말했다.

"제가 본래 배움이 모자라 소승 불법도 제대로 깨우치지 못했습니다. 부디 대승 불법을 가르쳐 주십시오."

그러자 갑자기 영롱한 오색구름이 몰려들더니 거지 중은 본래의 관음보살로 변했다.

"오오! 관음보살님이시다!"

사람들은 고개를 숙이고 합장했다.

"많은 사람들을 깨우치고 죽은 사람을 극락으로 이끌어 줄 대승 불법을 배우려면 여기서 멀리 떨어진 천축으로 가야 한다. 오직 믿음이 깊은 사람만이 불경을 가져올 수 있다."

관음보살은 이 말을 남기고는 혜안과 함께 구름을 타고 사라져 버렸다.

태종은 서천에서 불경을 가져오는 일이 부처님의 뜻이라고 생각했다.

"누가 서천으로 가서 불경을 구해 오겠는가?"

태종의 말이 끝나자마자 현장 법사가 나서서 말했다.

"제가 비록 재주는 없지만 서천에 가서 부처님을 뵙고 불경을 얻어 오겠습니다."

태종은 크게 기뻐하며 현장 법사에게 '삼장'이라는 법호를 지어 주었다. 그리고 관문을 통과할 수 있는 문첩과 시주를 얻을 수 있는 바리때, 그리고 날쌘 말 한 필을 내려 주었다. 삼장 법사는 공손히 감사의 뜻을 전하고 멀고도 험한 여행길에 올랐다.

어느덧 삼장 법사가 오행산을 지나가게 되었다. 그때 갑자기 산 전체를 울리는 쩌렁쩌렁한 목소리가 들려왔다.

"스승님, 왜 이제야 오세요? 스승님을 눈이 빠지게 기다렸습니다. 어서 저를 구해 주세요!"

바위틈에 끼어 있는 손오공이었다. 손오공은 겨우 고개만 내놓은 채 애원을 했다.

삼장 법사는 손오공에게서 지난날의 이야기를 다 듣고는 서둘러 산 위로 올라갔다. 그러고는 석가여래가 돌 위에 붙여 놓은 부적을 떼어 낸 다음에 기도를 올렸다.

마침내 손오공이 몸부림을 치자, 하늘과 땅이 우르르 흔들리는 소리가 나더니 순식간에 바위산이 날아가 사라져 버렸다. 이제 손오공은 자유의 몸이 되었다.

"자, 이제부터 제가 스승님께서 불경을 가지러 가는 길을 보호해 드리겠습니다. 저를 제자로 받아 주세요."

삼장 법사는 이 말을 듣고 무척 기뻤다. 손오공은 삼장 법사를 말 위에 태우고 짐을 어깨에 짊어진 채 길을 떠났다. 어둑어둑한 골짜기를 지나가는데 별안간 날카로운 휘파람 소리가 들리더니 산 도적들이 나타났다.

"이놈들아, 목숨이 아깝거든 가진 물건을 다 내놓아라!"

삼장 법사는 몹시 놀라 말에서 떨어지고 말았다. 하지만 손오공은 귓속에서 여의봉을 냉큼 꺼내더니 도적들을 단숨에 해치워 버렸다. 그리고 도적들의 품속에 있는 돈을 다 꺼내 제품에 넣었다.

"스승님, 제가 도적놈들을 다 해치웠습니다. 잘했지요?"

"오공아, 사람을 어찌 그렇게 함부로 죽이느냐? 그냥 겁을 주어 쫓아 버리면 될 것을."

"하지만 그러면 우리가 죽는걸요."

"아무리 그렇다 해도 사람을 죽이는 것은 나쁜 짓이다. 게다가 너는 이제 스님이 되었는데 다른 이의 목숨을 쉽게 해치는 건 아주 무거운 죄를 짓는 거야."

손오공은 삼장 법사를 구해 주었는데 야단만 맞는다고 생각하니 화가 치밀었다.

"난 원래 있던 곳으로 돌아갈 테니 혼자서 잘 가슈!"

손오공은 구름을 타고 휙 사라져 버렸다.

"아니, 그 한마디에 화가 나서 가 버리다니!"

삼장 법사는 어쩔 수 없이 혼자 터벅터벅 길을 떠났다. 얼마 가지 않았을 때 머리가 하얀 할머니를 만났다.

"스님, 혼자서 쓸쓸하게 어디로 가십니까?"

"서천으로 불경을 가지러 가는 길입니다."

"그 먼 길을 어찌 혼자 가시는 겁니까?"

"제자가 한 명 있었는데 꾸짖었더니 그만 떠나 버렸습니다."

"저런, 안됐구려. 하지만 너무 걱정하지 마세요. 이 금 고리를 가지고 있다가 제자가 오면 머리에 씌우고, 종이에 적혀 있는 주문을 외우면 제자가 말을 잘 듣게 될 것입니다."

할머니는 제자가 오면 입히라면서 옷도 한 벌 주었다. 삼장 법사가 감사의 인사를 하려는 순간, 할머니는 어느새 사라지고 없었다. 신비로운 연꽃 향기만 그 자리에 자욱했다. 삼장 법사는 그제야 할머니가 관음보살이었다는 것을 알게 되었다.

얼마 뒤 손오공은 자기가 경솔했다는 것을 깨닫고는 다시 돌아왔다.

"잘 돌아왔다. 네게 주려고 준비했으니 어서 이 옷을 입고, 이 금 고리를 머리에 쓰도록 해라."

손오공이 신이 나서 새 옷을 입고 머리에 금 고리를 쓰는 순간, 삼장 법사가 금 고리의 테가 꽉 조여지는 주문을 외웠다. 그러자 손오공은 머리가 깨질 것처럼 아팠다. 손오공은 너무 아파서 바닥에 데굴데굴 굴렀다.

"아야야야! 스승님, 잘못했습니다."

삼장 법사는 손오공이 가여웠다. 그래서 주문을 멈추자, 손오공의 머리는 거짓말처럼 싹 나았다.

"앞으로 내 말을 잘 따르겠느냐?"

"알겠으니 제발 그 주문만 외우지 마세요."

이렇게 해서 손오공은 삼장 법사를 순순히 따르게 되었다.

저팔계와 사오정

손오공과 삼장 법사가 계곡을 지나고 있을 때였다. 갑자기 안개가 자욱하게 끼더니 물속에서 커다란 용 한 마리가 솟구쳐 나왔다. 용은 순식간에 말을 잡아먹고는 '꺼억' 하고 트림을 했다.

"이놈이, 감히 스승님의 말을 잡아먹어!"

손오공은 화가 나서 여의봉을 휘두르며 용과 한바탕 싸우기 시작했다. 이 사실을 알게 된 관음보살이 서둘러 와서 둘의 싸움을 말렸다.

"오공아, 어차피 평범한 말을 타고는 서천까지 가지 못한다. 이제부터는 이 용이 함께 갈 것이다."

관음보살이 용을 향해 '훅' 하고 따스한 입김을 불어넣자, 용은 늠름한 하얀 말로 변했다.

"이제 다시 가다 보면 너와 함께 할 일행이 있을 것이다. 그들에게 경전을 가지러 간다는 말을 꼭 하여라. 그러면 알아서 너를 따를 것이다."

"꼭 그렇게 하겠습니다."

손오공의 대답을 들은 관음보살은 향기로운 바람에 둘러싸여 되돌아갔다. 손오공은 용이 변해서 된 말에 삼장 법사를 태우고 다시 길을 떠났다.

손오공과 삼장 법사는 가는 길에 가사를 도둑맞아서 한바탕 또 소동을 겪었다. 무사히 가사를 찾은 다음에 '고가장'이라는 마을을 지나게 되었다. 이 마을에 사는 사람들의 성이 고가가 많아서 이름이 그렇게 붙은 것이었다.

"오늘 하룻밤만 여기서 자게 해 주시오."

손오공이 어느 집에 들어가 부탁하자, 백발의 주인이 손을 휘휘 내저으며 오늘 밤에 괴물 사위가 오기 때문에 안 된다고 말했다.

"괴물 사위라니 그게 무슨 소리요? 우리는 괴물을 잘 쫓아내는데 마침 잘되었소."

주인은 그제야 삼장 법사와 손오공을 사랑방으로 안내했다.

"아이고, 제 기막힌 사연을 들어 보시지요. 이 늙은이에게 딸이 셋 있는데, 둘은 시집가고 막내딸 하나 남았습니다. 그리고 삼 년 전에 오능이라는 사위를 보았지요. 처음엔 착실하고 싹싹해서 좋은 청년인 줄 알았더니 차츰 본색을 드러내며 얼굴도 돼지처럼 변하지 않겠습니까! 게다가 바람을 부리고 구름도 탈 줄 아는 능력을 가진 괴물이었지 뭡니까."

주인은 한숨을 계속 내쉬었다.

"이 일은 내게 맡겨 주시오. 조금도 걱정할 것 없소."

손오공은 주인의 딸로 변해 캄캄한 방 안에 드러누웠다. 이윽고 바람 소리가 웅웅 나더니 괴물이 나타났다.

"나 많이 보고 싶었어?"

괴물이 징그러운 소리를 냈다. 손오공은 웃음이 터져 나오려는 것을 꾹 참았다.

"당신도, 참. 왜 이제야 오세요? 아버지가 당신을 쫓아내려고 손오공이랑 유명한 스님을 불러다 놓았단 말이에요."

"뭐? 손오공이라면 천궁을 소란하게 만들었던 놈인데. 어이쿠, 빨리 도망가야겠다."

괴물이 허겁지겁 달아나려는 순간 손오공이 손바닥으로 제

얼굴을 쓱 문질렀다. 그러자 본래의 모습으로 바뀌었다. 이를 본 괴물은 너무 놀라서 심장이 쿵 내려앉는 것 같았다.

"이런, 내가 속았구나."

괴물은 겁에 질려 산으로 정신없이 도망을 가서는 동굴 깊숙이 틀어박혀 나오지 않았다.

"이놈아, 이 바보 꿀돼지야! 비겁하게 그 안에 숨었느냐?"

부리나케 뒤쫓아 온 손오공이 큰 소리를 치면서 괴물을 놀려 댔다. 그러자 괴물은 화가 잔뜩 나서 쇠갈퀴를 쳐들고 달려 나와 손오공에게 덤벼들었다. 손오공도 여의봉을 꺼내 맞서 싸웠다. 그렇게 한참을 싸우다가 괴물은 문득 궁금해져서 손오공에게 큰 소리로 물었다.

"이 원숭이 놈아, 화과산에 가만히 엎어져 있지 않고 왜 여기 와서 나를 괴롭히는 거냐?"

"난 이래 봬도 관음보살님의 가르침을 듣고 천축으로 불경을 가지러 가는 길이다! 그런데 네 장인 집에서 하룻밤 머무르려 했더니 딸을 구해 달라고 해서 너를 잡으려는 것이다."

손오공이 잔뜩 뽐내면서 말하자, 괴물은 깜짝 놀라 쇠갈퀴를 내던지며 물었다.

"불경을 가지러 간다고? 그럼 나를 그 스님께 데려가 다오."

"네가 스승님을 왜 만나려는 거냐? 허튼소리 말고 이 여의봉 맛이나 더 봐라!"

손오공이 다시 여의봉을 휘두르자, 괴물이 잽싸게 손오공의 팔을 잡고 매달렸다.

"원래 난 하늘나라 은하수를 관리하는 일을 했어. 이 쇠갈퀴도 옥황상제께서 주신 거야. 비록 죄를 지어 이 꼴이 되었지만, 나도 관음보살님의 가르침을 받았단 말이야!"

그제야 손오공은 싸움을 멈추었다. 그러고는 괴물을 삼장 법사에게 데려갔다. 괴물은 죄를 지어 땅으로 내려온 것부터 관음보살이 불경을 가지러 가는 스님의 제자가 되라고 한 이야기까지 모두 자세히 풀어 놓았다.

"스승님으로 모시고 가게 해 주십시오. 잘 모시겠습니다."

괴물은 삼장 법사에게 무릎을 꿇고 애원했다. 삼장 법사는 매우 기뻐하며 괴물에게 이름을 지어 주겠다고 말했다.

"스승님, 저는 관음보살님이 지어 주신 저오능이라는 이름이 이미 있습니다. 그런데 제가 관음보살님께 깨우침을 받고 여덟 가지 음식을 끊었습니다만, 이제 스승님을 모시게 되었으니 그런 건 지키지 않아도 되겠지요?"

"아니다. 계속 지켜라. 대신 여덟 가지 음식을 끊은 너를 대견하게 여겨 '팔계'라고 부르겠다. 그리고 손오공을 형님으로 모셔라."

저팔계는 웃으며 알겠다고 대답했다.

주인은 삼장 법사와 손오공에게 무척이나 고마워했다. 무서운 괴물 사위가 순해졌고, 무엇보다 죄를 씻으러 불경을 가지러 간다니 더욱 기뻤다.

그러나 저팔계의 마음은 반은 기쁘고 반은 슬펐다.

"장인어른, 제가 없더라도 아내를 잘 부탁합니다. 만일 불경을 못 가져와도 저를 사위로 인정해 주셔야 해요."

저팔계가 눈물을 줄줄 흘리자, 손오공이 형답게 말했다.

"팔계야, 불경을 가지러 가는 중요한 일을 하는데 왜 눈물을 줄줄 흘리고 그러느냐?"

저팔계는 눈물을 소매로 쓱쓱 닦으면서 따라나섰다.

손오공과 저팔계는 삼장 법사를 모시고 끝없이 넓은 들판을 걸었다. 그렇게 몇 날 며칠을 걷던 어느 날, 하얀 모래사장이 나왔다. 거기엔 '유사하'라는 글씨가 새겨진 비석이 서 있었다. 물이 아닌 모래가 흐르는 강이라는 뜻인데, 새의 깃털도 가라 앉을 정도로 부력이 매우 약한 강이었다.

손오공 일행이 비석을 읽고 있을 때였다. 갑자기 강물이 소 용돌이치더니 물속에서 시커먼 괴물이 솟아올랐다. 눈이 불같 이 빨갛고 얼굴은 냄비 바닥처럼 새까만데, 몸에는 사람의 해 골을 아홉 개나 주렁주렁 걸고 있었다.

"저놈 느낌이 아주 안 좋네!"

저팔계가 쇠갈퀴로 얼른 내리쳤지만, 괴물은 재빨리 빠져나 갔다.

"좋아, 이번엔 내 차례다!"

손오공이 여의봉을 들고 달려들자 괴물은 모래 속으로 숨어 버렸다. 원래 하늘나라의 강에서 군사를 부렸던 저팔계는 강 에서 하는 싸움이라면 자신이 있었다.

"형님, 저놈은 내가 처치할 테니 맘 푹 놓고 계슈."

저팔계가 큰소리치면서 괴물에게 달려들었다. 둘이 강 속에서 팽팽하게 싸우고 있을 무렵, 손오공은 구름을 타고 관음보살을 찾아갔다.

"저 유사하에 이상하게 생긴 괴물이 나타나 길을 막고 있습니다."

그러자 관음보살은 손오공을 오히려 꾸짖었다.

"너는 왜 불경을 가지러 간다는 말을 하지 않았느냐? 그 말만 했더라면 너희와 절대로 싸우지 않았을 것이다."

관음보살은 제자 혜안을 불러서 손오공과 함께 가게 했다.

"사오정아! 네 죄를 벗을 기회가 왔는데 왜 그러고 있느냐? 여기 이 사람들은 불경을 가지러 천축에 가는 일행이다. 삼장 법사를 잘 모셔라."

혜안의 말을 듣자, 괴물은 정신이 번쩍 난 표정을 지었다. 얼른 모래 속에서 빠져나와 삼장 법사에게 큰절을 올렸다.

"그런 줄은 전혀 몰랐습니다. 법사님과 모든 분께 정말 죄송합니다."

삼장 법사는 제자가 또 한 사람 생겨서 무척 기뻤다.

"여기 이 두 사람은 이제부터 네 형님이다. 어서 흐트러진 머리를 단정하게 해라."

삼장 법사는 손오공한테 사오정의 머리를 깎아 주게 했다.

"오정아, 내가 제일 큰 형님이다. 알았지?"

"예, 큰형님으로 모시고 잘 따르겠습니다."

그러자 '에흠' 하고 저팔계가 헛기침을 했다.

"아, 둘째 형님도 잘 부탁드립니다."

그제야 저팔계는 껄껄 웃으며 사오정에게 악수를 청했다.

"자, 그럼 어서 강을 건너도록 하자."

관음보살의 제자인 혜안은 사오정이 가지고 있던 해골 아홉 개를 줄에 엮고 그 가운데에 큰 표주박을 끼워 배를 한 척 만들어 주었다.

"자, 그럼 어서 강을 건너가시오."

"정말 감사합니다!"

삼장 법사는 혜안에게 몇 번이나 인사를 했다.

삼장 법사 일행이 강을 다 건너자, 배가 되었던 해골 아홉 개는 흔적도 없이 사라져 버렸다.

시험에 들다

삼장 법사와 세 제자가 길을 나선 지 여러 해가 지났다.

"제자들아, 벌써 날이 저물었구나. 마침 저 앞에 집이 있으니 그리로 가서 하룻밤 신세를 지자."

삼장 법사가 가리킨 곳에는 정말 커다란 집이 한 채 있었다. 손오공은 그 집 위에 상서로운 구름이 떠 있는 것을 보고 이상하게 생각했다. 하지만 당장 잠잘 곳을 구해야 했다. 손오공이 문 앞에서 기웃거리고 있는데 늙은 부인이 걸어 나오면서 소리쳤다.

"누구기에 과부 집을 함부로 기웃거리느냐?"

손오공이 당황한 기색을 감추고 공손히 대답했다.

"저희는 당나라 임금님의 명을 받아 서천으로 불경을 구하러 가고 있습니다. 이곳을 지나다가 날이 저물어 하룻밤 신세를 질까 합니다."

손오공의 말을 들은 부인이 반갑게 웃으며 들어오라고 했다. 일행에게 차를 대접하면서 부인은 딸들에 대한 이야기를 늘어놓기 시작했다.

"아직 혼인도 하지 못한 세 딸을 남겨 놓고 2년 전에 남편이 세상을 떠났습니다. 큰딸은 스무 살, 작은딸은 열여덟 살, 막내딸은 열여섯 살입니다. 다들 어여쁘고 똑똑하지요."

이 말을 듣고 저팔계는 귀가 쫑긋해졌다. 그러나 삼장 법사는 아무 말이 없었다. 눈치를 보던 부인이 삼장 법사에게 계속 말을 걸었다.

"법사님, 오랜만에 건강하고 젊은 남자들을 보니 참 흐뭇하고 집 안에 생기가 넘치네요. 불경을 가져오는 일도 좋지만, 괜히 고생을 사서 하는 일 아닌가요? 모두 우리 집 사위가 되어 같이 살아요, 네? 난 가진 것이 돈밖에 없답니다."

"큰일 날 말씀입니다. 우리는 가족을 버리고 중이 된 사람들입니다. 그럴 수는 없습니다."

삼장 법사는 조금도 흔들리지 않고 단호하게 거절했다. 부인은 기분이 상한 듯 나가 버리더니 아예 밥도 주지 않았다. 배가 몹시 고픈 저팔계가 드디어 불평을 늘어놓기 시작했다.

"아이고, 스승님은 정말 답답하신 분입니다. 그냥 알겠다고 말하고 밥이나 얻어먹으면 좋잖아요. 이제 밥도 안 주는데 어떡합니까?"

그러자 사오정이 말했다.

"그럼 형님이 사위가 되면 되겠군요."

"안 돼! 내가 어떻게 본처를 버리고 또 장가를 간단 말이냐."

그러자 사오정이 놀란 표정으로 물었다.

"형님, 결혼하셨어요?"

민망해진 저팔계는 말에게 풀이나 먹인다며 나가 버렸다.

손오공은 사오정에게 삼장 법사를 부탁하고 고추잠자리로 변신해 저팔계의 뒤를 쫓아갔다. 저팔계는 말을 끌고서 풀이 있는 곳으로 가려다 말고 부인이 세 딸과 함께 마당에 있는 것을 보고는 그쪽으로 다가갔다. 저팔계를 본 딸들은 서둘러 집 안으로 들어가 버렸다. 부인이 저팔계에게 어디를 가느냐고 물었다.

"장모님, 저는 부지런하게도 말에게 풀을 먹이러 가는 중이었습니다."

"자네 스승은 아직도 고집을 부리고 계신가?"

"예, 그래서 제가 대신 남을까 하는데 어떠세요? 제가 외모는 좀 흉해도 집안일은 부지런히 잘합니다."

그러자 부인이 기뻐하며 삼장 법사에게 허락을 받아 오라고 했다.

"그럴 필요 없어요. 그분이 뭐 제 부모님인가요?"

"알겠네. 딸들에게 말해 보겠네."

부인이 집 안으로 들어가자, 저팔계는 말에게 풀을 먹이지도 않고 되돌아왔다. 손오공도 다시 본래 모습으로 변한 뒤 저팔계보다 먼저 돌아와서 삼장 법사에게 보고 들은 것을 전부 얘기했다. 하지만 삼장 법사는 그 말을 믿을 수가 없어서 저팔계가 들어오자마자 곧바로 물었다.

"말에게 풀은 먹였느냐?"

"좋은 풀이 없어서 그냥 돌아왔습니다."

그때 부인이 세 딸을 데리고 왔다. 모두 선녀가 내려온 것처럼 아름다웠다.

"어때요? 정말 예쁘죠? 누가 우리 딸과 결혼하실 겁니까?"

그러자 사오정이 대답했다.

"저팔계 형님이 결혼하기로 했습니다."

"아니, 아닙니다. 좀 더 상의해 봐야죠."

그러나 저팔계의 들뜬 마음이 표정에 그대로 드러났다.

"상의는 무슨 상의냐? 장모님이라고 부르는 걸 내가 똑똑히 들었다. 부인, 사위를 얼른 데리고 가시지요."

손오공이 비아냥거리며 말했다. 그러자 부인이 머뭇거리는 저팔계를 잡아끌어 데리고 나갔다. 그날 밤 손오공 일행은 맛있는 음식을 실컷 먹고, 편안한 잠자리에서 잘 수 있었다.

한편 부인은 사위를 얻게 되어 기쁜 나머지 신이 나서 보채듯이 저팔계에게 말했다.

"자, 어서 고르게. 누구랑 결혼할 텐가?"

하지만 저팔계의 눈에는 세 딸들이 다 예쁘게만 보여서 고를 수가 없었다.

"그럼 장님 놀이를 해서 손에 잡히는 사람을 아내로 맞이하게나."

세 딸들은 저팔계의 눈을 두꺼운 수건으로 가렸다.

마음이 사뭇 들뜬 저팔계는 장님이 된 채 혼자 좋아서 이리저리 쫓으며 돌아다녔다. 한참을 왔다 갔다 했지만 한 명도 잡지 못하고 벽에 머리만 부딪쳤다. 저팔계는 지쳐서 땅바닥에 풀썩 주저앉았다.

"장모님, 다들 너무 빨라서 못 잡겠어요. 어떡합니까?"

"그럼 다른 방법으로 정해야겠네. 딸아이들이 만든 저고리를 줄 테니 입어 보고 몸에 맞는 게 있으면 그걸 지은 딸아이와 결혼하게."

"좋아요. 대신 세 개 다 맞으면 세 따님을 다 저에게 주셔야 해요."

저팔계는 부인이 준 저고리들을 서둘러 입었다. 그런데 제대로 입기도 전에 몸이 휘청하면서 넘어지고 말았다. 정신을 차리고 보니 저고리는커녕 단단한 끈이 저팔계의 온몸을 꽁꽁 묶고 있었다. 몸을 죄어 오는 아픔에 살려 달라고 소리쳤지만 부인과 딸들은 나타나지 않았다.

다음 날, 아침이 되어 깨어난 삼장 법사와 손오공, 사오정은 깜짝 놀랐다. 집은 온데간데없이 사라지고 솔밭 속에 나란히 누워 있었던 것이다. 손오공은 그제야 어제 본 상서로운 구름이 떠올랐다.

'분명 관음보살님이 꾸민 일일 거야.'

그때 삼장 법사가 걱정스러운 얼굴로 말했다.

"팔계는 어디에 있는 것이냐?"

손오공이 실실 웃으며 대답했다.

"그놈은 벌을 받고 있을 것입니다."

"누구한테 벌을 받는다는 것이냐?"

그때 저쪽 숲 속에서 저팔계의 다급한 비명이 들려왔다.

"스승님! 형님, 아우야! 저팔계 살려!"

달려가 보니 저팔계는 소나무들 사이에 끼어 옴짝달싹 못하고 있었다.

"부잣집 사위님이 왜 이런 꼴이 되셨나?"

손오공은 구해 줄 생각은 않고 실실 웃으면서 놀려 대기만 했다. 저팔계는 창피해서 얼굴이 다 시뻘게졌다.

사오정은 그런 저팔계가 불쌍해 보였다. 얼른 달려들어 소나무 사이에서 저팔계를 꺼내 주었다.

"앞으로는 절대 다른 꾐에 빠지지 않고 스승님을 잘 따르겠습니다."

"그래, 깨달음을 얻었으니 됐다."

삼장 법사와 세 제자는 다시 길을 떠났다.

갓난아기를 닮은 인삼과

손오공 일행은 만수산에 있는 '오장관'이란 절에 도착했다. 이 절의 주지 스님은 진원 선인이라는 신선이었다.

이 절이 유명한 까닭은 세상에서 볼 수 없는 진귀한 과일나무가 있기 때문이었다. 인삼과나무라고 불리는 이 과일나무는 3천 년 만에 꽃이 한 번 피고, 그로부터 3천 년 만에 열매가 맺히며, 또 열매가 익으려면 3천 년이나 걸렸다.

이 인삼과라는 과일은 생김새가 정말 특이했다. 마치 갓난아기 같은 모양이고 손과 발까지 다 달려 있었다. 과일의 냄새만 맡아도 360년을 더 살고, 한 개를 먹으면 4만 7천 년을 더 살 수 있었다. 지금까지 이 절에서는 30개밖에 열리지 않은 아주 귀한 과일이었다.

진원 선인은 삼장 법사와 제자들이 찾아올 것을 미리 내다보고 두 명의 동자승을 불러 분부했다.

"나는 일이 있어서 잠시 자리를 비워야 하니 삼장 법사가 오면 그에게 인삼과를 두 개 따 드려라. 인삼과는 귀한 것이니 삼장 법사의 제자들은 모르게 해야 한다."

잠시 후 삼장 법사 일행이 절로 들어서자, 동자승 두 명이 얼른 뛰어나왔다.

"당나라에서 오신 삼장 법사님이 맞으시죠?"

삼장 법사는 깜짝 놀랐다.

"어떻게 나를 아는가?"

"저희 스승님은 진원 선인이라고 하는 신선이세요. 지금은 외출하셨지만, 삼장 법사님이 제자들과 오실 것을 알고 잘 대접해 드리라고 했답니다. 어서 방으로 들어가세요."

동자승은 삼장 법사의 제자들이 없는 틈을 타서 재빨리 쟁반에 인삼과를 담아 들고 왔다.

"저희 절에서 딴 것이니 한번 맛을 보셔요."

"쉬어 가는 것만 해도 고마운데 이렇게 대접을 잘해 주니 고맙구나!"

삼장 법사는 손을 뻗다 말고 얼른 다시 움츠렸다.

"아, 아니! 이것은 갓난아기가 아닌가?"

동자승은 파랗게 질린 삼장 법사를 보고 소리 내어 웃었다.

"아닙니다. 나무에서 딴 인삼과라는 과일이에요. 모양만 갓난아기를 닮았지요."

"됐구나! 어서 내가려무나."

삼장 법사는 생긴 모양을 보고 입맛이 싹 달아났다.

동자승들은 어쩔 수 없이 과일을 가지고 나갔다.

"인삼과를 그대로 두면 딱딱해질 테니 우리가 먹을까?"

"그래, 그러자!"

이렇게 해서 동자승들은 인삼과를 맛있게 먹었다.

마침 그 곁을 지나던 저팔계는 동자승들이 인삼과 먹는 모습을 보고는 군침이 도는 것을 참을 수가 없었다. 부리나케 손오공에게 달려가 물었다.

"형님, 인삼과라는 과일을 알아요?"

"넌 그 유명한 인삼과도 모른단 말이냐?"

손오공은 으스대면서 설명해 주려고 했다. 하지만 저팔계는 답답해 미치겠다는 표정으로 손오공의 말을 막으며 큰 소리로 말했다.

"그러니까 그게 지금 이 절에 있단 말이에요! 몇 개 훔쳐다가 맛 좀 보자 이거지."

"까짓것 그러지 뭐. 근데 그 나무가 어디에 있는 거냐?"

손오공은 저팔계와 함께 인삼과나무를 찾아보았다. 인삼과나무는 하늘에 닿을 듯이 우뚝 서 있었다. 넓적한 이파리 밑에 갓난아기처럼 생긴 열매가 띄엄띄엄 숨어 있어서 잘 보이지 않았다. 본래 원숭이인 손오공에게 나무 오르는 일은 식은 죽 먹기였다.

"우아! 형님은 다람쥐보다 더 빠르네!"

저팔계는 감탄해서 탄성을 지르며 손오공을 올려다보았다.

"우리 삼 형제를 위해 세 개를 땄다. 어때, 큰형님답지?"

손오공은 사오정까지 불러서 사이좋게 한 개씩 나눠 먹었다. 그런데 저팔계가 하도 입맛을 '쩝쩝' 다시며 맛있게 먹는 바람에 그만 들통이 나고 말았다. 열매 훔쳐 먹은 걸 동자승들이 알아차린 것이었다.

진원 선인에게 야단맞을 생각에 잔뜩 겁을 먹은 동자승들은 허둥지둥 삼장 법사에게 달려갔다.

"스님의 제자들이 우리 인삼과를 세 개나 따 먹었어요. 스승님이 돌아오시면 이제 우리는 죽은 목숨입니다. 이제 이 일을

어쩔 거요?”

"그게 정말인가? 내가 제자들을 불러 확인해 보겠네."

삼장 법사에게 불려 간 손오공은 솔직하게 다 털어놓을 수밖에 없었다. 그러자 옆에서 듣고 있던 동자승이 잔뜩 얼굴을 붉히며 소리쳤다.

"거봐요. 제 말이 맞죠? 저들은 다 도둑놈입니다."

손오공은 동자승의 말에 몹시 화가 났다. 저도 모르게 이를 부드득부드득 갈았다.

'겨우 세 개 가지고 이 야단을 떠는군! 이놈의 인삼과나무를 아예 뿌리째 뽑아 버릴까 보다.'

참다못한 손오공은 아무도 눈치 못 채게 털을 하나 뽑아 가짜 손오공을 만들어 세워 놓았다. 그러고는 인삼과나무가 있는 곳으로 날아가서 여의봉으로 나무를 뽑아 넘어뜨렸다.

그제야 속이 후련해진 손오공은 흡족한 마음으로 본래 있던 곳으로 돌아왔다. 그때까지도 동자승들은 여전히 삼장 법사에게 화를 내고 있었다. 손오공은 속으로 고소해하며 웃었지만 아무런 내색도 하지 않았다.

한참 동안 욕설을 퍼부으며 화를 내는 동자승에게 다른 동자승이 귓속말을 했다.

"이봐, 우리가 이렇게 화를 내는데도 다들 가만히 있으니까 이상하지 않아? 혹시 모르니까 인삼과나무에 별일은 없는지 가 보자."

동자승들은 서둘러 인삼과나무로 갔다.

"아니, 이게 어찌 된 일이야?"

동자승들은 그만 깜짝 놀라 까무러칠 지경이 되고 말았다. 나무가 뿌리를 훤히 드러낸 채 쓰러져 있었기 때문이었다. 스승에게 혼날 생각에 동자승들은 심장이 벌렁벌렁 뛰면서 눈앞이 아득해졌다. 그러다가 한 동자승이 꾀를 내었다.

"이러다가 이들이 도망가 버리면 더 큰일이야. 차라리 모른 척하고 잡아 두었다가 스승님이 오면 일러바치자."

두 동자승은 돌아와 삼장 법사에게 공손히 사과했다.

"아무래도 저희가 잘못 알았던 것 같습니다. 다시 가서 개수를 세어 보니 열매가 다 있지 뭡니까. 아마 나뭇잎에 가려서 안 보였나 봅니다. 저녁을 드릴 테니 드시고 쉬었다가 내일 가시지요."

이렇게 말하고 방에서 나온 동자승들은 삼장 법사 일행이 있는 방의 문을 밖에서 잠그고 바깥 대문도 꽉꽉 잠갔다. 뒤늦게 사정을 알게 된 삼장 법사는 세 제자를 크게 나무랐다.

"이 바보들아! 열매를 훔쳐 먹은 것도 큰 죄인데,

나무까지 넘어뜨린 너희들을 무사히 보낼 줄 알았느냐?"

삼장 법사는 자기 가슴을 두드리며 화를 냈다.

"손오공 이놈아, 어쩌자고 나무까지 그리 만들었느냐!"

"스승님, 무슨 걱정을 그리 하십니까!"

손오공은 주문을 외워 모든 문을 활짝 열었다. 그리고 털 두 개를 뽑아 '훅' 하고 불었다. 그러자 털은 잠벌레로 변해 두 동자승의 몸에 찰싹 달라붙었다. 두 동자승은 금세 깊은 잠에 빠져들었다.

"스승님, 주지 스님이 신선이니까 무슨 변을 당할지 모릅니다. 얼른 말에 올라타십시오."

손오공이 재촉하는 바람에 삼장 법사는 얼떨결에 말에 올라탔다. 저팔계와 사오정도 허둥지둥 따라나섰다.

얼마 후에 진원 선인이 돌아왔다. 앉은 채로 자고 있는 두 동자승을 깨우자, 동자승들은 울면서 그동안 벌어진 일을 다 이야기했다.

"따스한 호의를 베풀었더니 은혜를 원수로 갚는구나!"

진원 선인은 화가 머리끝까지 치밀어 올랐다.

얼른 구름 위에 올라타고는 삼장 법사 일행을 찾아 나섰다. 삼장 법사와 제자들은 멀리 달아나지도 못한 채 금세 눈에 띄었다. 진원 선인은 삼장 법사를 향해 하늘이 울릴 만큼 큰 소리를 힘껏 질렀다.

"삼장, 네 이놈! 제자를 보면 너를 알겠다."

그러자 손오공은 여의봉을 꺼내 들고 잽싸게 구름 위로 올라갔다. 저팔계와 사오정도 따라가 셋이 공격을 했지만, 어림도 없었다. 진원 선인은 옷소매로 하늘과 땅을 보자기처럼 싸는 법을 알고 있었다.

"이야얍!"

진원 선인이 소매를 활짝 벌리자, 세 제자는 말할 것도 없고 삼장 법사와 말까지 그 소매 안으로 빨려 들어갔다. 다시 오장 관으로 돌아온 진원 선인은 삼장 법사 일행을 두꺼운 밧줄로 꽁꽁 묶었다. 그리고 동자승들에게 매섭게 매를 치라고 명령을 내렸다.

"스승님, 누구부터 매를 칠까요?"

"그야 제자들을 잘못 가르친 삼장 법사부터 쳐야지."

그 말을 듣자마자 손오공이 싹싹 빌면서 부탁했다.

"저희 스승님은 아무 죄도 없습니다. 다 제가 잘못했으니, 저를 쳐 주세요!"

"이 못된 원숭이 놈이 스승에 대한 마음은 지극하구나. 애들아, 이놈부터 쳐라!"

진원 선인의 제자들은 용 가죽으로 만든 매서운 매로 손오공을 30대나 내리쳤다.

"에구구구! 나 죽는다."

손오공은 겉으로는 아픔을 못 참는 것처럼 보였지만 속으로는 웃고 있었다. 이미 몸이 쇠처럼 굳어서 아프지 않게 술법을 써 놓았기 때문이었다.

"날이 저물었으니, 나머지 사람들은 내일 매를 때려라."

삼장 법사와 제자들은 겨우 방 안으로 들어오게 되었다.

"너희들이 잘못을 해서 이렇게 고생을 하게 되었구나!"

삼장 법사는 몹시 속이 상했다. 밤늦도록 잠도 오지 않았다.

"스승님, 내일이면 좋은 방법이 생길 것입니다. 너무 걱정하지 마세요."

손오공은 씩씩하게 말했다.

다음 날이 되었다. 진원 선인은 커다란 가마솥에 기름을 가득 넣고 끓이면서 한 사람씩 집어넣으라고 했다.

"어느 놈부터 넣을까요?"

제자가 묻자, 진원 선인은 손오공을 손가락으로 가리켰다.

"가장 먼저 앞장서서 죄를 지은 놈부터 넣어라."

손오공은 얼른 술법을 써서 커다란 돌을 자신으로 둔갑시켜 놓고, 자신은 구름 위에 올라가서 아래를 내려다보았다.

"에그, 보기엔 작은 놈이 왜 이리 무거울까!"

한두 사람의 힘으로는 도저히 들 수 없자 열 사람이나 달려

들어 손오공으로 둔갑한 돌을 가마솥에 던졌다. 그러자 가마솥 밑이 뻥 뚫리면서 기름이 줄줄 새어 나왔다.

"으윽, 도저히 못 참겠다! 삼장 법사 놈을 가마솥에 넣어라!"

진원 선인은 손오공의 장난을 이미 눈치 챈 것이었다. 깜짝 놀란 손오공은 얼른 구름에서 내려왔다.

"우리 스승님은 정말 죄가 없습니다. 부디 저한테 벌을 다 내리십시오. 저를 기름에 넣어 주세요. 다 제 잘못입니다."

진원 선인은 스승을 지키고 섬기려는 손오공의 마음에 속으로 감탄했다.

"네 잘못은 크지만 스승을 섬기는 마음은 기특하구나! 그리고 너의 술법이 하도 신통해서 그대로 죽이기에는 아깝구나. 그만한 재주라면 인삼과나무를 본래대로 해 놓을 수가 있지 않겠느냐? 그럼 너희 일행을 다 풀어 주고 용서해 주마."

"정 그러시다면, 스승님을 묶은 밧줄을 풀어 주세요. 그리고 3일 동안 제게 시간을 주시면 반드시 해결해 보겠습니다."

진원 선인은 그러라고 허락해 주었다. 손오공은 구름을 타고 여러 신선들을 찾아다니며 인삼과나무를 살릴 방법을 묻고 다녔다. 하지만 아무도 알지 못했다.

"이제 시간이 얼마 남지 않았구나!"

초조해진 손오공은 관음보살을 찾아가서 간절히 부탁했다.

"어찌 그런 잘못을 저질렀단 말이냐?"

"저도 후회하고 있습니다. 하지만 이미 엎질러진 물이니 어쩔 도리가 없습니다. 제발 좀 도와주세요."

관음보살은 어쩔 수 없이 손오공과 함께 오장관으로 날아갔다. 그러고는 항아리에 담아온 감로에 주문을 걸어 샘물로 만든 다음 버들가지에 찍어 뿌렸다. 그러자 나무등치가 본디 자리에 꼿꼿이 서면서 인삼과나무의 잎과 열매가 본래의 모습으로 싱싱하게 돌아왔다.

"아아! 관음보살님, 정말 감사합니다. 손오공아, 너도 수고했구나!"

진원 선인은 기뻐서 어쩔 줄 몰랐다. 곧바로 인삼과를 따서 관음보살과 삼장 법사에게 대접했다.

"그전에 내가 한 번 얻어먹은 적이 있었다. 벌써 그로부터 9천 년이 지났단 말인가?"

관음보살은 웃으면서 인삼과를 맛있게 먹었다. 그제야 삼장 법사도 마음 놓고 인삼과를 먹었다. 진원 선인과 화해한 삼장 법사 일행은 며칠 동안 극진하게 대접을 받은 뒤 또다시 길을 떠났다.

억울하게 쫓겨난 손오공

불경을 가지러 가는 길은 멀고도 험했다. 특히 백호령이라는
험한 산을 지나가면서부터는 먹을 것을 구하는 것조차 정말
힘들었다. 삼장 법사와 제자들은 배가 고파서 기운이 하나도
없었다.

"오공아, 배가 무척 고프구나. 어디 가서 먹을 것 좀 얻어 와
다오."

"그럼 쉬고 계세요. 제가 어떻게든 찾아보고 올게요."

손오공은 음식을 구하러 구름을 타고 먼 데까지 날아갔다.

백호령에 살고 있는 죽음의 마귀가 구름 위에서 손오공이 언
제 자리를 비우나 지켜보고 있었다. 이 무서운 마귀는 산 사람

의 피를 쪽쪽 빨아 먹는 끔찍한 마귀였다.

'옳지! 제일 기운 센 놈이 자리를 비우는구나.'

죽음의 마귀는 젊은 여인으로 둔갑한 뒤 음식을 넣은 망태를 들고 삼장 법사 곁으로 사뿐사뿐 다가갔다. 맛있는 음식 냄새가 솔솔 풍기자, 세 사람은 저절로 고개가 그쪽으로 돌아갔다.

"저는 이 근처에 살고 있답니다. 부모님들이 다 부처님을 믿어요. 그래서 스님들이 지나가실 때면 시장하실까 봐 음식을 대접해 드리곤 하지요."

마귀는 얌전하게 말하면서 음식 그릇을 보여 주었다. 저팔계는 음식을 보더니 입에 침이 잔뜩 고였다.

"야아! 굉장한 요리 같은데요. 스승님, 얼른 맛을 보시죠."

"그렇지만 오공이가 일부러 먹을 것을 구하러 가지 않았느냐? 오공이를 잠시 기다려 보자."

삼장 법사는 배가 고팠지만, 음식을 구하러 다닐 손오공의 정성을 떠올렸다.

"아, 먼저 생긴 것은 먼저 드시고 또 나중에 생기는 것은 나중에 드시면 되지 않습니까! 정말 스님은 답답하십니다!"

저팔계가 툴툴거리며 어서 먹자고 재촉했다. 그래도 끝내 삼장 법사가 먹으려고 하지 않자, 참다못한 저팔계가 음식이 담긴 그릇을 들어 한입에 털어 넣으려고 했다.

　그때 공중에서 '휘이익!' 하는 소리가 나면서 손오공의 여의봉이 젊은 여인으로 둔갑한 마귀를 세게 내리쳤다. 술법이 보통이 아닌 마귀는 끄떡없이 달아나면서 그 자리에 젊은 여인의 시체를 남겨 놓았다.

　"이놈아, 넌 왜 은혜를 베풀어 주는 사람을 해치는 것이냐?"

　놀란 삼장 법사가 손오공을 엄하게 나무라자, 손오공은 손가락으로 그릇 속을 가리켰다.

　"스승님은 이걸 보고도 그런 말씀을 하시겠습니까?"

　삼장 법사가 그릇 속을 들여다보니, 구더기와 지네, 도마뱀들이 우글거렸다. 삼장은 그제야 괜히 손오공을 나무랐다고 후회했다. 하지만 먹음직한 음식을 놓친 저팔계는 그 사실을 인정하지 않았다.

　"스승님! 이 젊은 여인은 이 근처에 살면서 부처님을 믿는 집안의 딸이라고 했습니다. 오공 형님은 아무것도 모르면서 죄 없는 여인만 죽인 것입니다. 스승님이 주문을 외워 혼을 낼까 봐 음식을 저런 벌레들로 바꿔 놓은 게 틀림없어요."

　삼장 법사는 저팔계의 말을 들으니 그도 그럴 듯해 금세 마음이 바뀌고 말았다. 그래서 주문을 외워 손오공의 머리를 아프게 만들었다.

"아이고, 스승님, 살려 주세요. 하지만 아까 그 여인은 마귀가 틀림없어요. 사람을 홀려서 잡아먹는 마귀 말입니다!"

손오공이 애타게 애원하자, 삼장 법사는 마음이 약해져서 주문을 멈추었다.

"이번은 용서할 테니, 다시는 죄를 짓지 마라."

"예, 알겠습니다."

그때 죽음의 마귀는 구름 위에서 이 광경을 내려다보면서 즐거워했다.

"으하하하! 저 돼지 놈은 멍청하니까 이제 삼장이라는 중만 속이면 되겠군!"

죽음의 마귀는 이번에는 허리가 구부정한 할머니로 둔갑을 했다.

"내 딸아이가 왜 안 보이지? 얘야, 어디에 있는 거냐?"

이쪽으로 다가오면서 딸을 찾는 할머니를 보고 저팔계는 몹시 당황했다.

"어, 어, 어떡하지! 형님이 죽인 여인의 어머니가 저기 오고 있단 말입니다."

그러나 손오공은 눈썹 하나 까딱 않고 냉정하게 말했다.

“저팔계, 이 바보 같은 녀석! 내가 가서 정체를 밝혀 줄 테니 잠시만 기다려라.”

손오공은 한눈에 보아도 할머니가 아까 그 마귀라는 것을 알 수 있었다.

“이놈, 뜨거운 맛을 보여 주마!”

손오공이 여의봉으로 가짜 할머니의 머리를 내리치자, 죽음의 마귀는 이번에도 여의봉을 피해 달아났다. 삼장 법사는 마귀가 달아나면서 남긴 껍데기 시체를 보고 또 착각을 하고는 몹시 화를 냈다.

“손오공! 어떻게 늙은 노인네가 딸을 찾는다고 죽일 수가 있느냐? 정말 너는 못쓰겠구나!”

삼장 법사는 도저히 참을 수가 없어서 주문을 다시 외웠다.

“아이고, 머리야! 내 머리가 깨지겠네. 스승님, 제 말씀 좀 들어 보세요!”

“이제는 머리가 아파도 잘못을 뉘우칠 줄 모르는구나! 너는 중이 되어 가지고 사람을 이유 없이 마구 죽이다니 이게 될 말이냐? 천축까지 불경을 가지러 갈 자격도 없다. 아예 지금이라도 네가 살던 곳으로 돌아가라!”

손오공은 깜짝 놀라서 빌었다.

"스승님, 제발 노여움을 푸세요. 그리고 돌아가란 말씀은 하지 마세요. 저는 아직 스승님의 은혜를 갚지 못했으니까요."

"네가 내게 갚을 은혜라는 게 무엇이냐?"

"제가 오행산에 갇혀 있을 때 스승님이 꺼내 주셨습니다. 그 은혜를 갚기 위해 스승님을 모시고 서역으로 가는 것이고요. 만약 스승님과 함께 서역에 가지 않는다면 평생 후회하면서 살 것입니다."

삼장 법사는 손오공의 말을 들으니 화가 차츰 가라앉았다.

"이번이 정말 마지막이다. 한 번만 더 그러면 금 고리를 조이는 주문을 스무 번도 넘게 외울 것이다."

삼장 법사는 손오공에게 단단히 다짐을 받았다.

"예, 스승님. 다시는 그러지 않겠습니다."

손오공은 억울했지만 삼장 법사의 노여움이 풀려서 다행이라고 생각했다.

'마귀를 알아보는 눈은 나만 가지고 있어! 스승님을 보호하려면 내가 어떤 오해를 받더라도 할 수 없지. 나에게는 스승님을 무사히 모시고 가야 하는 책임이 있으니까.'

손오공은 그런 의젓한 생각을 하면서 억울함을 견뎌 냈다.

"으하하하! 삼장이란 중도 별것 아니군. 아주 쉽게 속는 걸

보니 머리가 비었구나! 그럼, 저 뚱뚱한 돼지 놈부터 처치해 볼까?"

죽음의 마귀는 기분이 몹시 좋아서 이번엔 할아버지 모습으로 '휙' 하고 둔갑했다.

가짜 할아버지는 저팔계 앞으로 걸어오면서 염불을 열심히 외우는 시늉을 했다.

"어, 저거? 저놈이……."

손오공은 마귀라는 것을 또 한눈에 알아보았다. 그러나 여의봉을 휘둘렀다가는 삼장 법사가 또 오해를 해서 아예 고향으로 쫓아 버릴 것 같아 꾹 참았다.

저팔계는 다가오는 할아버지를 보고 떠들어 댔다.

"스승님, 저 할아버지는 오공 형님이 죽인 아내와 딸을 찾으러 나온 게 틀림없습니다."

손오공은 잠시 망설였다.

'이 마귀는 몹시 교활하고 머리가 좋은 놈이야! 내가 모르는 척하면 우리 모두 위험해지겠어. 아무래도 스승님께는 나중에 설명하고 우선은 이놈을 해치워야겠다!'

손오공은 가짜 할아버지한테 깜빡 속은 것처럼 말했다.

"열심히 염불을 외우시는 것을 보니 부처님 섬기는 마음이 지극하신가 봅니다."

　손오공은 자기가 가짜 할아버지한테 속고 있다고 안심시킨

다음, 또다시 번개처럼 달려들어 여의봉을 휘둘렀다. 방심하

고 있던 마귀는 피할 새도 없이 여의봉에 맞아 죽었다.

이 광경을 본 삼장 법사는 놀라는 것도 잠시 곧바로 금 고리를 조이는 주문을 외우려고 했다. 손오공은 급히 삼장 법사를 말리면서 말했다.

"스승님, 이것 먼저 보시고 주문을 외우세요."

손오공이 가리킨 자리에는 사람의 해골이 놓여 있었다.

"어떻게 방금 죽은 사람이 백골이 된단 말이냐?"

"거봐요. 아까 그놈은 진짜 사람이 아니었다니까요."

그러자 저팔계가 또 손오공을 의심하는 말을 했다.

"스승님! 형님 말을 믿지 마세요. 저건 정말 할아버지였어요. 스승님이 머리가 아파지는 주문을 외울까 봐 형님이 해골로 바꿔 놓은 거예요."

삼장 법사는 그저 눈에 보이는 대로 믿는 고지식한 사람이었다. 삼장 법사가 손오공에게 벼락같이 소리를 질렀다.

"네 이놈! 넌 금방 한 약속을 깨뜨렸다. 죄 없는 사람을 셋이나 죽인 너를 어찌 내가 제자로 데리고 다니겠느냐? 너 같은 놈은 천축에 가도 죄를 씻기 힘들 것이다. 어서 네 고향으로 돌아가거라!"

"스승님, 제 말 좀 들어 보세요. 저는 스승님을 지키기 위해 마귀를 죽인 것입니다."

그러나 삼장 법사는 귀를 막고 듣지 않았다. 삼장 법사의 표정에서 찬바람이 쌩쌩 불었다. 저팔계는 손오공을 몹시 경멸하는 표정을 지으며 작은 눈으로 흘겨보았고, 사오정은 뭐가 뭔지 모르겠다는 멍한 표정을 지었다.

"스승님의 뜻이 정 그러시다면 저도 어쩔 수가 없습니다. 마지막으로 드리는 이 제자의 절을 받아 주십시오."

손오공은 눈물이 글썽해서 절을 올렸지만, 삼장 법사는 쳐다

보지도 않았다.

"사오정, 넌 착실하니까 스승님을 잘 보살펴 드려. 미리 말해 두지만, 앞으로 마귀를 만나면 삼장 법사님 밑에는 손오공이란 제자가 있다는 말을 꼭 해라. 그 소리만 들어도 웬만한 마귀는 도망을 갈 거다. 그리고 저팔계는 어리석은 짓을 할 때가 가끔 있으니 네가 정신을 바짝 차려야 해."

손오공은 사오정의 손을 꼭 잡고 신신당부를 했다.

사오정은 든든한 큰형님인 손오공이 떠난다니 무척 허전하고 겁이 더럭 났다. 그래서 그저 힘없이 고개만 끄덕거렸다.

손오공은 구름을 타고 자신의 고향인 화과산으로 돌아갔다.

'우리 스승님은 어질기만 하고 잘 속아서 정말 걱정이야! 게다가 겁도 많으신데, 천축까지 무사히 잘 가실지 모르겠네.'

손오공의 마음은 억울함보다는 스승님에 대한 걱정으로 한없이 슬프고 답답했다.

황포 마왕과 싸우다

삼장 법사는 손오공을 냉정하게 쫓아냈지만 마음은 무척 불편했다. 그래도 겉으로는 아무렇지도 않은 척 저팔계와 사오정에게 어서 가자고 재촉을 했다.

백호령을 넘자 가시덤불이 우거진 곳이 나왔다. 저팔계가 쇠갈퀴를 휘둘러 거친 가시덤불을 겨우 뚫고 나올 수 있었다. 삼장 법사는 가시덤불에서 나오자마자 힘이 쭉 빠져서 풀밭에 드러눕고 말았다.

"아, 손오공이 있었다면 먹을 것부터 구해 왔겠지!"

삼장 법사가 혼자 쓸쓸히 하는 말을 들은 저팔계는 자리에서 벌떡 일어났다.

"스승님, 그럼 제가 가서 먹을 것을 구해 오겠습니다."

저팔계는 사람이 사는 집을 찾아 보았지만 아무리 한참 걸어 가도 나오는 것은 울창한 수풀뿐이었다. 저팔계는 다리도 아 프고 또 혼자 다니려니 쓸쓸한 생각도 들었다.

"막상 내가 해 보니 쉬운 일이 아니었네. 그런데 난 형님이 먹을 것을 구해 오면 고마운 줄도 모르고 먹기만 했지."

저팔계는 땅바닥에 주저앉아 쉬면서 중얼거렸다. 손오공을 질투하여 쫓아낸 것이 후회되기 시작했다. 모처럼 깊이 생각 한 탓인지 저팔계는 피곤해져서 스르르 잠이 들어 버렸다.

"왜 저팔계가 돌아오지 않지? 혹시 무슨 일이 생겼나?"

삼장 법사는 슬며시 걱정이 되었다.

"제가 저팔계 형님을 찾아보겠습니다."

사오정이 저팔계를 찾아 나섰지만 한참이 지나도록 아무도 돌아오지 않았다.

"참 이상한 일이구나! 다들 어떻게 된 거지?"

삼장 법사는 마음이 불안해져서 숲 속을 이리저리 걸었다. 번쩍번쩍 빛나는 탑이 저만치 보였다.

"옳아! 탑이 있다면 분명 절도 있겠지. 저팔계와 사오정이 돌아오기 전에 부처님께 절이라도 올리고 와야겠다."

소나무 사이를 헤치고 내려간 삼장 법사는 절의 문을 열다가 '으악!' 하고 비명을 질렀다. 무시무시하게 생긴 마귀가 문 옆에서 잠을 자고 있었던 것이다. 삼장 법사는 허둥지둥 도망쳐 나오다가 그만 마귀한테 들키고 말았다.

"누가 감히 황포 마왕의 낮잠을 방해하는 것이냐? 저놈을 당장 잡아들여라."

마귀의 부하들이 우르르 몰려와서 삼장 법사를 잡더니 기둥에 꽁꽁 묶어 놓았다.

황포 마왕이 무시무시한 목소리로 물었다.

"너는 어디서 왔고, 어디로 가는 길이냐?"

삼장 법사는 두려움에 덜덜 떨며 대답했다.

"저는 당나라에서 온 중이며, 서천으로 불경을 구하러 가는 길입니다."

"너 혼자 그 위험한 길을 가진 않을 것 같은데, 일행이 몇 명이냐?"

"제자 둘이 있습니다."

그러자 황포 마왕은 기쁜 얼굴로 말했다.

"얘들아, 이 중을 잡아 놓고 있으면 제자들이 찾아오지 않겠느냐? 오늘은 배불리 먹을 수 있겠구나!"

부하들은 신이 나서 문을 걸어 잠그고 삼장 법사의 제자들이 오기를 기다렸다.

사오정은 나무 그늘에서 깊은 잠에 빠진 저팔계를 간신히 찾아냈다.

"형님! 먹을 것을 구해 온다더니 여기서 뭐 하는 거예요? 스승님이 기다리시니 어서 갑시다."

저팔계와 사오정은 빈손으로 허둥지둥 돌아왔지만 그곳에는 말만 있을 뿐 삼장 법사는 보이지 않았다.

"아무래도 스승님이 요괴한테 잡혀가신 것 같아요. 어떡하죠, 형님?"

사오정이 파랗게 질리자, 저팔계가 비웃었다.

"이 밝은 대낮에 요괴가 어디에 있느냐? 사오정, 너는 참 겁쟁이구나!"

"형님, 아무튼 스승님을 어서 찾아봅시다."

사오정과 저팔계는 말을 끌고 주변의 숲을 다 뒤졌다. 그러다 번쩍번쩍 빛나는 탑을 발견하고는 그리로 달려갔다. 곧 음산한 느낌을 주는 절이 나타났다.

"아무래도 절이 아니고 요괴가 사는 소굴인 것 같아요."

"사오정, 겁먹지 말고 어서 안으로 들어가 보자!"

저팔계가 쇠갈퀴로 대문을 쾅쾅 두드리자 문이 활짝 열렸다. 그리고 황포 마왕이 큰 칼을 들고 나타났다.

"흐흐흐, 네놈들이 오기를 기다리고 있었다. 네놈들까지 맛있게 먹어 주마."

황포 마왕과 맞붙게 된 저팔계와 사오정은 있는 힘을 다해 싸웠다.

한편 삼장 법사는 기둥에 꽁꽁 묶인 채 초조하게 기다리고 있었다. 그때 예쁘게 생긴 여인이 다가오더니 삼장 법사의 몸에 묶인 밧줄을 풀어 주었다.

"고맙습니다. 그런데 누구신가요?"

삼장 법사는 이 여인도 마귀가 아닌가 싶어 조심스럽게 물었다.

"염려 마세요. 저는 마귀가 아니랍니다. 여기서 서쪽으로 가면 보상국이라는 나라가 있는데 저는 그곳의 공주예요. 13년 전에 달을 구경하러 나왔다가 이렇게 마귀한테 붙들려 왔습니다. 혹시 스님께서 서천으로 가시다가 보상국에 들르면 저희 아버님께 제가 여기 붙잡혀 있다고 알려 주세요."

"알겠습니다. 꼭 그렇게 하리다."

"그럼 이 편지를 아버지께 꼭 전해 주세요."

삼장 법사는 공주의 편지를 품에 넣고 뒷문으로 살그머니 빠져나왔다.

삼장 법사가 무사히 절을 빠져나가자, 공주는 황포 마왕에게 달려가 말했다.

"대왕님, 제가 중만은 죽이지 말라고 부탁을 드렸잖아요. 그런데 왜 또 중들을 붙잡아 놓고 괴롭히는 거예요?"

"아, 참! 내가 깜박 잊었네. 그런 약속을 했었지."

황포 마왕은 머리를 긁적거리면서 싱겁게 웃더니 말했다.

"너희들을 용서해 주마. 법사도 용서해 줄 테니 뒷문으로 돌아가서 데리고 나가거라. 그렇지만 너희들이 무서워서 놓아 주는 것은 절대 아니다!"

저팔계와 사오정은 안도의 한숨을 내쉬면서 뒷문으로 갔다. 그곳에는 이미 삼장 법사가 기다리고 있었다.

삼장 법사와 일행은 서쪽으로 급히 도망갔다. 한참을 가다 보니 과연 보상국이라는 작은 나라가 있었다. 삼장 법사는 공주와 약속한 대로 왕을 찾아가서 공주의 편지를 전해 주었다.

"아, 이 은혜를 어떻게 갚으면 좋겠소? 죽은 줄만 알았던 내 딸이 살아 있다니!"

"은혜를 입은 사람은 저입니다. 어서 공주를 구하시지요."

국왕은 부하들에게 공주를 구해 오라고 명령을 내렸지만 겁이 나서 아무도 나서지 않았다. 그러자 저팔계가 앞으로 척 나섰다. 지난날의 손오공처럼 자기도 공을 세워서 뽐내고 싶었던 것이다.

"임금님, 그럼 제가 공주님을 구해 오겠습니다."

"정말이오? 참으로 용기가 대단하구려."

저팔계가 공중으로 날아 올라가는 모습을 보면서 사오정이 걱정스럽게 말했다.

"아무래도 형님 혼자 보내는 건 불안하니 저도 함께 가겠습니다."

그렇게 해서 사오정도 저팔계 뒤를 따라 날아 올라갔다.

저팔계와 사오정이 다시 나타나자 황포 마왕은 무서운 얼굴로 달려 나왔다.

"이놈들이 기껏 놓아 주었더니 다시 죽으려고 찾아왔구나! 이번에는 도저히 용서할 수 없다. 중이 아니라 중 할아비라도 잡아먹고 말 테다."

"흥, 어디 잡을 테면 잡아 봐라!"

저팔계는 쇠갈퀴를 휘둘렀고, 사오정도 보장이라는 무기를 들고 덤볐지만 싸움은 쉽게 끝나지 않았다. 그러자 저팔계는 슬며시 꾀가 나서 쉬고 싶어졌다.

"사오정, 내가 오줌이 너무 마려우니 잠깐 다녀오마. 조금만 버텨라."

저팔계는 숲으로 도망가서 나오지 않았다. 그동안 사오정은 젖 먹던 힘까지 다해 싸웠지만 그만 황포 마왕한테 사로잡히고 말았다.

'아무래도 수상하단 말이야! 혹시 공주를 구하려고 보상국 국왕이 보낸 것이 아닐까?'

이렇게 생각한 황포 마왕은 잘생긴 청년으로 둔갑해 보상국을 찾아갔다.

역시 짐작대로 삼장 법사가 국왕 옆에 점잖게 앉아 있었다. 삼장 법사를 곯려 줘야겠다고 마음먹은 황포 마왕은 모르는 척하고 국왕을 찾아가 인사를 올렸다.

"지금으로부터 13년 전에 제가 산에서 호랑이를 만났습니다. 그 호랑이는 공주를 등에 업고 내려오다가 저를 보고 무서워서 달아났지요. 저는 공주를 집에 데려와 호랑이한테 물린 상처를 치료해 주고 결혼해서 행복하게 살았답니다. 오늘에야 제 아내가 공주라는 것을 알게 되어 이렇게 인사를 올리려고 찾아왔습니다."

황포 마왕은 말을 잘 꾸며서 진짜처럼 들리게 했다.

왕은 너무 놀라서 어찌할 바를 몰랐다. 공주가 흉악하고 무시무시한 마귀한테 붙들려 있는 줄 알았는데 아름다운 청년이 나타나자 혼란에 빠졌던 것이다.

황포 마왕은 한술 더 떠서 거짓말을 늘어놓았다.

"제가 급히 찾아온 까닭은 13년 전의 호랑이가 당나라 스님으로 변신하여 궁궐에 들어오는 것을 보았기 때문입니다. 정 믿어지지 않으면 제가 증거를 보여 드리겠습니다."

황포 마왕이 중얼중얼 주문을 외운 뒤에 입에서 물을 내뿜었다. 그러자 삼장 법사는 커다란 호랑이로 변해 버렸다.

"어서 저 괘씸한 호랑이를 잡아라!"

국왕은 신하들을 시켜서 호랑이가 된 삼장 법사를 쇠사슬로 묶어 우리 안에 가두었다.

"정말 다행이오! 우리 자랑스러운 사위, 어서 술이라도 한잔 받으시오."

왕은 황포 마왕을 정성스럽게 대접하다가 밤이 깊어 잠자리로 돌아갔다. 하지만 워낙 술을 좋아하는 황포 마왕은 아리따운 궁녀들에게 둘러싸여 술을 연거푸 들이켰다. 술에 잔뜩 취한 마귀는 본색을 드러내고 말았다. 옆에 있던 궁녀 하나를 덥

석 움켜쥐고 그대로 잡아먹은 것이다.

"으악! 마귀가 나타났다."

궁궐 안은 갑자기 난장판이 되어 버렸다. 궁녀들과 신하들은 비명을 지르며 도망가느라 정신이 없었다. 황포 마왕은 그 꼴을 보며 재미있다고 킬킬킬 웃기만 했다.

한편 주막집 마구간에 매여 있던 말이 궁궐에서 일어난 엄청난 소란을 알게 되었다. 본래 용이었던 말은 고삐를 끊고 용으로 변하여 공중으로 올라갔다. 아름다운 궁녀로 둔갑한 용은 황포 마왕 곁에 다가가 술을 자꾸 권했다.

"어서 춤을 추어 보아라."

"칼춤이라면 자신이 있습니다. 괜찮으시겠어요?"

"아무 춤이나 추어라."

황포 마왕은 자신의 허리에 있던 칼을 주었다.

용은 칼춤을 추는 척하다가 몸을 휙 날려 황포 마왕을 찌르려고 했다. 그러나 황포 마왕은 잽싸게 피하면서 촛대를 던져 용을 맞혔다. 용이 아파서 머뭇거리는 순간, 황포 마왕은 구름을 타고 날아가 버렸다. 용은 다시 말로 변하여 마구간으로 돌아가서 아픈 몸을 쉬었다.

한편 저팔계는 풀밭에서 아무것도 모르고 태평스럽게 자다가 한참 만에 눈을 떴다.

"어, 사오정이 어디로 갔지?"

저팔계는 잠시 사오정을 불러 보다가 보상국의 궁궐로 돌아왔다.

"아니, 스승님은 어디로 가셨지? 사오정은 또 어디에 있는 거야?"

저팔계가 다들 자신만 두고 갔다고 신세 한탄을 하자, 복사뼈를 다친 말이 피를 뚝뚝 흘리면서 다가왔다.

"어서 스승님이랑 사오정을 구하러 가세요. 가만히 있을 때가 아닙니다. 한시가 급해요!"

말은 눈이 휘둥그레진 저팔계한테 궁궐에서 일어난 엄청난 소란을 들려주었다.

"나 혼자 무슨 힘으로 그 무서운 마귀를 상대한단 말이냐?"

"제게 좋은 방법이 딱 하나 있습니다."

"응? 어서 말해 보아라."

"화과산으로 달려가서 손오공 형님을 모셔오는 거예요. 손오공 형님이라면 황포 마왕을 물리칠 수 있을 것입니다."

"맞다! 바로 그거야."

저팔계는 급히 화과산으로 손오공을 찾아갔다. 손오공은 저팔계가 한편으로는 반갑고 또 한편으로는 무척 얄미웠다. 스승님을 지킬 힘과 지혜도 없으면서 잘난 척을 한 점이 미웠던 것이다.

"나는 이미 스승님한테 쫓겨난 몸! 내가 가 보았자 오해만 하시고 머리만 아프게 하실 테니까 난 가지 않을 거다."

손오공은 고개를 저었다. 그러면서 거드름을 피웠다.

"그 마왕 놈한테 내 이름을 말하라고 사오정한테 가르쳐 주었건만. 너도 가서 내 이름을 알려 주면 겁을 먹고 스승님을 풀어 줄 거야. 가 보아라!"

손오공의 마음이 단단히 상한 것을 안 저팔계가 꾀를 부려 거짓말을 했다.

"내가 형님 이름을 백 번도 넘게 외쳤습니다. 그랬더니 그놈은 '그런 원숭이는 가죽을 홀딱 벗겨서 잡아먹어 봤자 맛이 없다'면서 형님 욕을 막 하던걸요."

"뭐, 뭐라고 했다고? 그놈이 죽고 싶어서 환장을 했구나! 내가 당장 달려가서 본때를 보여 주고 말겠다."

손오공은 화가 나서 펄쩍 뛰었다.

저팔계는 손오공의 뒤에서 '우리 형님은 참 순진하셔!' 하고 중얼거리면서 빙긋이 웃었다.

단숨에 쳐들어간 손오공은 우선 사오정을 구한 다음, 술법을 써서 공주의 모습으로 변했다. 그리고 공주의 두 아들이 죽은 것처럼 꾸며서 황포 마왕을 돌아오게 만들었다.

　　"공주, 어찌 된 일이오?"

　　공주로 둔갑을 한 손오공은 땅바닥을 치면서 큰 소리로 울었다.

　　"사오정과 저팔계란 두 놈이 나타나서 우리 두 아들을 잡아가 죽였답니다. 아이고, 가슴이 너무 아파서 금방 죽을 것만 같아요!"

　　"가슴이 아픈 데에는 이 선단이란 약이 최고요! 어서 가슴에 대고 문질러 보시오."

　　황포 마왕이 입속에서 꺼낸 선단을 손오공한테 주자, 손오공은 손톱으로 툭툭 튕기다가 얼른 꿀꺽 삼켰다. 그리고 본래의 모습으로 돌아갔다.

　　"아니, 나를 속이고 내 선단까지 훔쳐 먹다니! 당장 없애 주마. 각오해라!"

　　황포 마왕은 부하들과 함께 손오공을 공격했다. 그러나 손오공은 여의봉을 휘둘러 부하들을 다 물리쳤다. 그러자 황포 마왕은 번개로 변해 도망가 버렸다.

"이놈이 어디로 사라졌지? 그림자도 보이지 않네."

손오공은 당황하여 하늘나라 옥황상제를 찾아갔다.

손오공이 올라오는 모습을 본 옥황상제는 그 이유를 알아보았다. 알고 보니, 하늘나라의 별 왕 가운데 규성이 모습을 몰래 감춘 지 13일이 지난 것이 밝혀졌다. 그 규성이 바로 황포 마왕이었던 것이다. 하늘나라의 13일은 인간 세상에서는 13년이었다.

"당장 규성을 불러올리도록 하라!"

구름 속에 숨어 있던 규성은 하늘나라 대신들한테 들켜서 옥황상제 앞에 무릎을 꿇었다. 이렇게 해서 황포 마왕은 붙잡히고, 공주는 보상국으로 돌아갔다.

호랑이가 되어 우리 속에 갇혀 있던 삼장 법사는 제자들을 다시 만나게 되었다.

"스승님, 어쩌다 이렇게 되셨습니까?"

손오공은 웃음을 참을 수가 없었다.

"형님, 스승님 놀리는 건 그만하고 어서 구해 주세요."

저팔계와 사오정이 부탁하자 손오공은 주문을 외웠다. 삼장 법사는 마침내 본래의 모습으로 돌아왔다.

"오공아, 내가 정말 미안하다! 네가 옳은 말을 했는데도 민지 못해서 내가 벌을 톡톡히 받았구나. 이제 다시는 네 말을 의심하지 않으마."

삼장 법사가 손오공의 손을 잡고 따스하게 말하자 손오공의 섭섭한 마음은 스르르 없어졌다.

곁에 있던 저팔계도 미안하다며 싹싹 빌었다.

"큰형님이 안 계시면 우리가 얼마나 위험한지 알게 되었지 뭡니까!"

사오정이 진심으로 말하자 손오공은 기분이 좋아졌다.

"어유, 그동안 낭비한 시간이 아까워서 어떡하나! 얼른 출발합시다."

"그래도 보상국 임금님이 차려 주신 잔치 음식은 먹고 떠납시다, 형님!"

저팔계가 입맛을 쩍 다시며 하는 말에 모두가 큰 소리로 웃었다.

마왕 형제의 신기한 호리병

손오공이 돌아와 기운을 차린 삼장 법사 일행은 다시 길을 떠나 곧 평정산에 닿았다. 평정산 꼭대기에는 연화동이라는 동굴이 있었다. 그 동굴 안에 사는 마귀 형제 금각과 은각이 벌써부터 군침을 흘리고 있었다.

"아우야, 당나라 중이랑 그 제자들이 우리보고 '어서 잡수세요' 하고 찾아오는구나!"

"오랜만에 사람 고기를 제대로 먹게 생겼네요!"

"아우야, 이 초상화에 그려진 놈들을 만나거든 당장 잡아 오너라!"

"걱정 마슈, 형님!"

금각의 말에 동생 은각은 삼장 법사와 제자들의 초상화를 들고 동굴을 나섰다.

안개가 자욱하고 울창한 숲에서 어두운 힘을 느낀 손오공은 저팔계에게 말했다.

"왠지 기분이 찜찜한걸. 팔계야, 나는 스승님을 지켜야 하니 네가 먼저 산을 돌아보면서 요괴가 살고 있지나 않은지 알아봐라."

"알겠수다, 형님."

저팔계는 순순히 일행보다 앞장서서 산을 살피러 떠났다. 때마침 부하들을 이끌고 삼장 법사의 일행을 찾고 있던 은각이 저팔계를 발견했다.

"음, 저놈이 초상화에 그려진 저팔계로구나! 으이그, 술안주하기에는 안성맞춤이지만 초상화보다도 훨씬 더 못생겼네."

은각은 기회를 엿보다가 저팔계가 방심한 틈을 타 갑자기 부하들과 함께 공격을 시작했다. 저팔계는 쇠갈퀴 한번 제대로 휘둘러 보지도 못한 채 금세 붙잡히고 말았다. 은각이 끌고 온 저팔계를 본 금각은 기분이 좋아 으하하하 하고 큰 소리로 웃었다.

"이번에는 삼장 법사라는 놈을 잡아 와! 손오공은 만만한 놈이 아니라서 머리를 써서 잡아야 하거든."

은각은 잽싸게 삼장 법사 일행을 찾아갔다. 그러고는 다리가 아픈 노인으로 둔갑을 했다. 은각은 길가에 누워 쓰러진 척하면서 그들이 다가오길 기다렸다.

"아이고, 아이고! 다리가 너무 아파 길에서 죽게 생겼네."

삼장 법사는 그 노인이 마귀인 줄도 모르고 손오공에게 업고 가라고 했다.

'하여튼 우리 스승님은 너무 순진하고 착하시다니까.'

손오공은 그 노인이 마귀인 줄 알았지만 스승의 명령이라 군말 없이 은각을 등에 업었다.

"스승님, 먼저 가십시오. 저는 좀 천천히 가겠습니다."

손오공은 삼장 법사 뒤에서 마귀를 처치할 작정이었다. 하지만 이미 눈치를 챈 은각이 수미산을 불러다 손오공을 덮치게 했다.

"이놈이 제법이군! 산을 다 가져올 줄 알고."

손오공은 왼쪽 어깨로 자신을 덮쳐 오는 수미산을 가볍게 받았다.

"어쭈, 요놈 봐라. 그럼 이번에는 아미산을 받아라!"

은각은 더 무거운 아미산을 불렀지만 손오공은 이번에도 오른쪽 어깨로 받아 냈다.

 "하하하! 산들이 이렇게 가볍다니 시시하구나."

 손오공이 큰 소리로 은각을 비웃었다. 그러자 은각은 화가 나서 몸을 한 번 부르르 떨더니, 중국에서 가장 큰 태산을 불러다 손오공의 머리 위에 올려놓았다.

 "에그그그……."

 이번에는 손오공도 어쩔 수가 없었다. 무거운 산에 눌려서 옴짝달싹 못하게 된 것이다.

 이제 삼장 법사와 사오정, 말을 잡는 것은 아주 쉬운 일이었다. 은각은 구름 사이로 손을 뻗어 그들을 한 손에 잡아 움켜쥐고는 금각에게로 돌아갔다.

 세 개의 산에 깔린 손오공은 숨도 쉬기 힘들 정도로 고통스러웠지만 오로지 스승에 대한 걱정뿐이었다.

 "내가 이렇게 꼼짝도 못하고 있으니, 이제 스승님이랑 아우들은 어찌한단 말이냐! 꼼짝없이 마귀한테 죽고 말겠구나!"

 손오공은 슬픔을 견딜 수가 없어서 큰 소리로 엉엉 울었다. 평소에 거의 눈물을 흘리지 않는 씩씩한 손오공이 울어 대자, 그 소리가 마치 천둥소리처럼 들렸다.

 "이게 무슨 소리지?"

울음소리에 놀란 산신령이 어디선가 부리나케 달려왔다.

"난 제천 대성 손오공이다. 빨리 이 산들을 치워라."

"어이쿠, 제가 그 마귀 놈한테 속았군요! 이런 줄도 모르고 산을 빌려 주었지 뭡니까! 얼른 산들을 치워 드릴 테니 노여움을 푸십시오."

산신령은 미안해서 어쩔 줄 몰라 했다.

산신령의 도움으로 산에서 풀려난 손오공은 즉시 마귀를 찾아 발걸음을 재촉했다.

한편, 은각이 잡아 온 삼장 법사와 사오정을 본 금각은 무척 기쁘기는 했지만, 손오공이 없다는 걸 알자 불안해지기 시작했다.

"형님, 아무 걱정 마시오. 손오공은 산에 깔려 한 발자국도 움직이지 못하게 해 두었으니까."

그제야 금각은 마음이 조금 놓이는 얼굴로 은각을 칭찬해 주었다.

"잘했다. 그런데 그놈은 아주 강한 녀석이라서 언제까지 당하고만 있지는 않을 거야. 얘들아, 내가 호리병을 줄 테니 손오공을 잡아서 이 호리병에 넣어 오너라!"

금각이 부하들에게 호리병 하나를 건네며 말했다. 그 호리병은 상대방의 이름을 불러 그 사람이 대답을 하면 그 속으로 빨려 들어가는 무시무시한 힘을 지닌 신통한 병이었다.

손오공은 금각의 부하들이 오는 모습을 보고는 나이가 많은 신선으로 둔갑을 했다. 손오공은 부하들에게 다가가 스승님이 붙잡혀 간 곳을 알아낼 속셈으로 이런저런 말을 걸었다. 늙은 신선이 손오공인 줄도 모르고 부하들은 신선의 물음에 대답을 하다가 그만 호리병에 대한 것까지 모두 알려 주고 말았다.

'오호, 그런 속셈이었군. 그런다고 내가 속을 줄 알고?'

손오공은 몰래 가슴 털을 하나 뽑아서 황금 호리병을 만들었다. 그러고는 부하들에게 하늘을 빨아들이는 호리병이라고 자랑을 했다. 눈이 휘둥그레진 부하들은 금각의 호리병과 바꾸자고 했다. 손오공은 마지못한 듯 거드름을 피우면서 황금 호리병을 내주었다.

"히히, 하늘까지 빨아들이는 호리병이니까 손오공은 이제 더 꼼짝 못할 거야."

"어디 한번 해 보자. 정말 하늘이 들어오는지 해 봐."

부하들은 기쁜 마음에 호들갑을 떨면서 호리병에 주문을 걸었다. 하지만 하늘은 그냥 파랗기만 할 뿐 아무 일도 일어나지 않았다. 그제야 부하들은 속았다는 것을 알아차렸지만 그때는 이미 손오공이 진짜 호리병을 들고 사라진 뒤였다.

부하들은 엉엉 울면서 돌아와 금각에게 이 사실을 알렸다.

"이런 바보 녀석들 같으니라고! 그깟 원숭이한테 속다니!"

금각은 끓어오르는 분을 삭이지 못해 큰 소리를 치며 펄쩍펄쩍 날뛰었다.

"형님, 진정하슈. 그래도 아직 다른 호리병이 남아 있잖수. 그러지 말고 어머니를 모셔다가 어서 당나라 중 고기 맛이나 봅시다."

그런데 사실 손오공은 파리로 변해 부하들 뒤를 따라 동굴 안에 들어와 있었다. 마귀들이 나누는 대화를 엿들은 손오공은 잽싸게 어머니 마귀를 찾아가 처치한 다음 그 모습으로 둔갑해서 금각과 은각에게 갔다.

"어머니, 그동안 건강하셨지요? 저희들이 오랜만에 절을 올리겠습니다."

"오냐, 오냐."

손오공은 속으로 비웃으며 절을 받았다. 그런데 그때 갑자기 부하들이 달려와서 어머니 마귀가 죽었다는 사실을 알리는 바람에 손오공은 허둥지둥 도망을 쳐야 했다.

삼장 법사 일행을 구하기 위해 한참을 고민하던 손오공은 다

시 동굴 앞으로 돌아와 큰 소
리로 외쳤다.

"형님을 구하려고 손오공의
동생 오공손이 왔다! 어디 나
랑 싸워 보자."

손오공은 이름과 성을 뒤바
꾼 가짜 이름으로 마귀들을 놀
려 주었다. 그것도 모르고 손
오공에게 동생이 있다고 생각
한 은각은 호리병을 들고 나와
큰 소리로 말했다.

"손오공의 동생이란 놈은
내가 이름을 부르거든 대답을
해라."

"좋다. 그 대신 내가 너
를 부르면 너도 대답을 해
야 한다."

"하고말고."

은각은 호리병의 뚜껑을

열고는 큰 소리로 이름을 불렀다.

"오공소온!"

"오냐, 왜 그러느냐?"

"어, 이상하다! 오공소온!"

"왜 자꾸 부르는 거야?"

손오공이 여러 번 대답을 했지만 가짜 이름이라 효과가 있을 리 없었다. 은각은 아무리 이름을 부르고 대답을 들어도 호리 병 속으로 아무것도 빨려 들지 않자, 당황할 수밖에 없었다. 손오공은 히죽히죽 웃으며 은각을 놀려 댔다.

"아무래도 네 호리병이 고장이 난 모양이다! 이젠 내가 부를 차례지? 은각아!"

은각은 약속한 것도 있고 해서 별 생각 없이 무심히 대답을 했다.

"왜, 왜 그래!"

그 순간 은각은 호리병 속으로 쑤욱 빨려 들어갔다.

손오공은 잽싸게 호리병의 마개를 꽉 틀어막았다. 그러고는 부하로 둔갑을 하고 동굴 안으로 들어가 금각의 등 뒤에서 이 름을 불렀다.

"금각 대왕님!"

"왜?"

아무 의심 없이 대답을 한 금각은 순식간에 호리병 속으로 빨려 들어갔다.

"오공아, 이번에도 네 덕분에 살았다! 우리 장한 제자야."

삼장 법사가 진심으로 칭찬을 해 주자 손오공은 신이 나서 피곤한 줄도 몰랐다.

그때 하늘에서 구름을 탄 노인이 나타났다. 바로 하늘의 태상 노군이었다.

"그 호리병은 내가 신선 약을 만들 때 쓰는 기구다. 두 머슴 놈이 훔쳐서 도망을 친 거야."

태상 노군은 손오공이 건네주는 호리병을 들고 하늘로 훌쩍 올라가 버렸다.

법술을 겨루다

삼장 법사와 제자들은 '차지국'이라는 나라를 지나게 되었다. 이곳은 20년 전에 큰 가뭄을 겪었는데 그때 범 도사, 사슴 도사, 양 도사가 나타나 비를 내리게 했다. 그후로 왕은 도사들을 가까이 하고, 중은 쓸모가 없다며 도사들이 종으로 부리도록 허락했다.

이런 이야기를 들은 손오공은 이 나라에서 하룻밤을 묵으면서 중들을 도와주어야겠다고 생각했다.

밤늦게까지 잠이 들지 못한 손오공은 어디선가 들려오는 음악 소리에 자리에서 일어났다. 소리가 들리는 곳으로 가 보니 세 도사가 하늘에 제사를 지내고 있었다. 손오공은 세 도사를 곯려 주고 싶었다.

'저팔계랑 사오정도 불러다가 같이 하는 게 더 재밌겠다!'

손오공은 잠든 사오정과 저팔계를 깨웠다. 저팔계는 맛있는 게 잔뜩 있다는 말에 잠이 확 깨서 얼른 손오공을 따라나섰다.

"이제 슬슬 시작해 볼까!"

손오공이 저팔계와 사오정을 향해 씨익 웃으며 소곤거렸다. 그러고는 주문을 외우자, 어디선가 거센 바람이 불어왔다. 그 바람에 제사장을 밝히고 있던 모든 등불이 꺼져 버리고 말았다. 제사를 지내던 사람들이 놀라서 어쩔 줄 몰라 하자, 범 도사가 말했다.

"불이 꺼졌으니 오늘은 그만하고 내일 다시 하자. 모두들 그만 돌아가거라."

모두가 자리를 떠난 뒤 손오공과 저팔계, 사오정은 제사상에 차려진 음식을 허겁지겁 먹어 댔다. 그런데 그때 나이 어린 도사가 놓고 간 물건을 다시 가지러 왔다가 손오공 일행을 보고 말았다. 깜짝 놀란 어린 도사가 세 도사를 부르며 뛰쳐나갔다. 손오공은 급히 두 동생을 데리고 도망쳤다.

다음 날 아침 삼장 법사와 일행은 다시 떠나기 위해 왕에게 갔다. 그 순간 세 도사가 왕 앞으로 나서며 말했다.

"저놈들을 당장 붙잡으소서."

"아니, 왜 그러시오?"

세 도사는 왕에게 어젯밤에 일어난 일들을 말했다.

"뭐야? 제사상에 손을 대서 엉망으로 만들었다고?"

화가 난 왕은 당장 삼장 법사와 일행들을 죽이라고 명령을 내렸다. 신하들은 득달같이 달려들어 삼장 법사와 제자들을 꽁꽁 묶었다. 그런데 그때 한 신하가 달려와 머리를 조아리고 말했다.

"폐하, 비가 내리지 않아 가뭄이 아주 심하다고 합니다. 서둘러 기우제를 올리게 해 주십시오."

왕은 그 말을 듣고 잠시 생각하더니 말했다.

"예전에도 비를 기원한 적이 있었다. 그런데 중들은 비를 한 방울도 내리지 못했고, 도사들 덕에 가뭄에서 겨우 벗어날 수 있었지. 이번에는 너희들이 도사들과 비를 내리는 시합을 해 보는 게 어떻겠느냐? 너희가 이기면 살려 보내 주겠지만 만약 진다면 가만두지 않겠다."

왕이 삼장 법사 일행을 향해 이렇게 말했다.

손오공은 흔쾌히 알겠다고 대답했다. 삼장 법사가 손오공에게 조용히 말했다.

"오공아, 나는 비를 내리는 주문을 못 하는데 어찌 시합을 하겠다는 것이냐?"

"스승님, 아무 걱정 마시고 불경만 외우세요. 나머지는 제가 다 알아서 하겠습니다."

여러 신하들이 기우제 준비를 서둘렀다. 제단이 준비되자 삼장 법사와 범 도사가 나란히 제단 앞에 섰다. 먼저 범 도사가 비를 내리게 하는 주문을 외웠다. 하지만 비커녕 바람도 불지 않았다. 이미 손오공이 가짜 몸을 세워 두고 날씨를 다스리는 신에게 날아가 부탁을 해 두었기 때문이다.

이번에는 삼장 법사의 차례가 되었다. 삼장 법사는 가만히 서서 손오공이 시킨 대로 염불만 외워 댔다. 잠시 후 손오공이 몰래 여의봉을 공중에 휘둘렀다. 그러자 하늘이 어두워지고 선선한 바람이 불더니 곧 비가 내렸다.

그제야 왕이 감탄해하며 공손히 말했다.

"대단하신 스님을 몰라뵜었군요. 시합에서 이기셨으니 보내 드리겠소."

그러자 세 도사가 앞으로 나서며 말했다.

"폐하, 우리가 먼저 주문을 외지 않았습니까? 이들이 주문을 외울 때는 이미 비가 내리려고 할 때였습니다. 그러니 저들이

했다고 할 수만은 없습니다.”

왕은 귀가 얇은 사람이어서 이내 고개를 끄덕였다.

“그래, 그럴 수도 있겠군. 그럼 다시 한 번 겨루기로 합시다. 이번에는 좌선, 즉 누가 더 오래 움직이지 않고 앉아 있는지를 겨루겠습니다.”

삼장 법사도 좌선에는 자신이 있었다. 하지만 범 도사도 만만치 않았다.

둘은 한참 동안 앉아 있었지만 쉽게 승부가 나지 않았다. 이를 지켜보던 사슴 도사가 빈대로 변신해서 삼장 법사의 머리 위로 올라가 꽉 물었다. 삼장이 힘들게 참고 견디는 것을 본 손오공이 즉시 꿀벌로 변해 날아가서 빈대를 모조리 없애 버렸다. 그제야 삼장 법사도 편안하게 좌선을 할 수 있었다.

‘치사하게 반칙을 해? 어디 한번 당해 봐라.’

손오공은 지네로 변해서 범 도사의 콧구멍 속으로 들어가 마구 깨물어 버렸다. 도사는 콧속이 아파서 도저히 참을 수가 없었다. 마침내 비명을 지르며 펄쩍펄쩍 날뛰는 바람에 이번에도 삼장 법사가 이기게 되었다.

왕은 삼장 법사 일행을 어서 보내 주라고 명령했다. 그러자 사슴 도사가 또다시 나서며 말했다.

"하필이면 오늘따라 범 도사가 몸이 안 좋았습니다. 그러니 상자 속의 물건을 맞히는 내기를 하는 게 어떻겠습니까?"

이렇게 해서 또 다른 내기를 하게 되었다. 첫 번째 상자 속에는 궁에서 입는 옷이 들어 있었다. 하지만 손오공이 몸을 조그맣게 변신해서 상자 속으로 들어가 종으로 바꿔 놓고는 삼장 법사에게 몰래 말해 줬다.

사슴 도사는 바뀐 줄도 모르고 옷이라고 말했고, 삼장 법사는 종이라고 말했다. 왕이 상자를 열어 보니 삼장 법사의 말대로 종이 들어 있었다.

그 다음엔 왕이 직접 상자에 복숭아를 넣었다. 이미 손오공이 상자 속으로 들어가서 복숭아를 다 먹어 치우고 씨만 남겨 둔 사실을 모르는 사슴 도사는 복숭아라고 말했다. 하지만 삼장 법사는 복숭아씨가 들어 있다고 말했다.

이번에는 도사가 이겼다고 생각한 왕이 웃으며 상자를 열어 보았지만 삼장 법사의 말대로 복숭아씨가 들어 있었다. 놀라워하는 왕에게 범 도사가 말했다.

"아무래도 저들이 몰래 물건을 바꿔 놓는 것 같습니다. 하지만 사람은 바꿀 수가 없을 것이니 어린 도사를 넣어 보는 게 어떻겠습니까?"

손오공이 또다시 상자 속에 들어가 보니 어린 도사가 있었다. 손오공은 서둘러 도사의 머리를 박박 깎고 중의 옷을 입혀 놓았다.

이 사실을 모르는 왕이 도사와 삼장 법사에게 상자 속에 뭐가 들어 있는지를 물었다. 사슴 도사는 자신만만하게 어린 도사가 있을 거라고 답했다. 그러자 삼장 법사가 고개를 저으며 말했다.

"아닙니다. 그 속에는 어린 중이 들어 있습니다."

왕이 다시 상자를 열어 보니 어린 중이 들어 있었다. 왕은 이제 삼장 법사가 무서워지기까지 했다.

"아무래도 귀신이 중을 도와주고 있나 봅니다. 당장 보내 버립시다."

하지만 도사들은 말을 듣지 않았다. 범 도사가 또 말했다.

"폐하, 마지막으로 무술로 저들과 겨뤄 보고자 합니다."

"어떤 무술 말이오?"

"저희 삼 형제는 머리가 베어져도 다시 붙일 수 있고, 배를 갈라 심장을 도려내도 다시 자라나며, 부글부글 끓는 기름 가마에서도 목욕을 할 수 있습니다."

이 말을 옆에서 들은 손오공도 겨뤄 보겠다고 말했다.

손오공은 손이 묶인 채 머리에 칼을 맞았다.

"머리야, 다시 생겨라!"

손오공의 말이 끝나기 무섭게 새 머리가 쑥 자라났다.

이번에는 범 도사의 차례였다. 범 도사 역시 머리가 잘린 후 다시 붙는 주문을 외웠지만 손오공이 누런 개로 변해 머리를 물고 달려가 강가에 던져 버렸다. 머리가 끝내 다시 붙지 않은 범 도사는 그만 죽어 버렸다. 범 도사가 죽은 자리에 머리가 없는 호랑이 한 마리가 쓰러져 있었다.

사슴 도사는 범 도사가 죽자 분을 삭이지 못하고 배 가르기를 겨루자고 했다. 이번에도 손오공이 먼저 배를 가르고 손수 내장을 꺼내 깨끗한 물에 씻은 다음 다시 넣었다.

사슴 도사 역시 배를 가르고 내장을 깨끗하게 씻었다. 도로 집어넣으려는 순간 손오공은 매로 변해 내장을 낚아채서 달아나 버렸다. 놀란 신하들이 사슴 도사를 보았는데 그 자리에 도사는 없고 흰 사슴이 쓰러져 있었다.

마지막으로 양 도사가 두 형의 복수를 하겠다며 나섰다. 뜨거운 기름이 펄펄 끓는 가마에 들어가는 내기를 했지만, 손오공은 마치 따뜻한 물에 목욕이라도 하듯 장난을 치며 실컷 놀다 나왔다.

이번엔 양 도사의 차례가 되었다. 양 도사 역시 느긋하게 목욕을 했다. 이상하게 생각한 손오공이 손을 가마 속에 담가 보았더니 뜨겁지 않고 얼음처럼 차가웠다. 손오공은 얼른 주문을 외워 기름을 본래대로 뜨겁게 만들었다. 그러자 양 도사는 미처 도망치지 못하고 그 안에서 죽어 버렸다. 가마 안에는 양 한 마리가 죽어 있었다.

왕은 놀라서 어쩔 줄 몰라 했다. 그 모습을 본 손오공이 왕에게 다가가 말했다.

"폐하, 이제 아시겠습니까? 이들은 도사가 아니라 사악한 산짐승이었습니다. 지금은 폐하가 건강하시니 이들이 어쩌지 못했지만, 훗날 기가 약해지시면 그때 전하를 해치고 이 나라를 빼앗으려고 이곳에 온 것이지요. 때마침 저희가 이곳을 지나간 걸 다행이라 생각하십시오."

"정말 고맙소. 이제는 스님들을 구박하지 않고 잘 대접해 주겠소."

삼장 법사와 제자들은 왕의 다짐을 받고 다시 길을 떠났다.

아기가 생기는 강

삼장 법사와 일행은 따스한 봄날에 푸른 강을 건너게 되었다. 강에는 나룻배 한 척이 떠 있었다.

"뱃사공 있으면 나오시오!"

그러자 뱃사공이 나타났는데 뜻밖에도 여자였다.

"여자가 사공 노릇을 하다니 참 드문 일이군. 남편은 어디 다른 곳으로 일하러 갔소?"

손오공이 물었지만 여자는 아무 말도 하지 않고 조용히 배만 저을 뿐이었다.

강을 다 건넌 뒤, 삼장 법사는 물이 아주 맑은 것을 보자 갑자기 갈증을 느꼈다. 삼장 법사가 물을 마시자, 옆에 있던 저팔계도 따라서 벌컥벌컥 마셨다.

"빈속에 차가운 물을 마셔서 그런가? 배가 살살 아프군!"

"스승님, 저도 배가 아프기 시작해요! 아야야!"

삼장 법사와 저팔계는 배가 아프다면서 데굴데굴 굴렀다. 그런데 잠시 후 두 사람의 배가 동글동글한 수박처럼 점점 커졌다.

"아이고, 뱃속에서 뭐가 움직인다!"

두 사람은 손으로 배를 문지르며 난리를 쳤다.

때마침 가까운 곳에 주막이 있는 걸 발견한 손오공이 삼장 법사에게 말했다.

"스승님, 저기에 주막이 있으니 약을 구할 곳을 물어보는 게 좋겠습니다."

삼장 법사는 그 말에 힘을 내서 말에 올라탔다.

주막에서는 한 할머니가 일을 하고 있었다.

"할머니, 저희 스승님이 저 강물을 드시고는 배가 몹시 아프다고 합니다. 약을 어디서 구할 수 있을까요?"

손오공의 말을 들은 할머니는 아주 재미있다는 듯이 깔깔깔 큰 소리로 웃었다.

"당신네 스승이 마신 물은 '자모'라고 해요. 그 강물을 마시면 아기가 생긴다오. 여기는 여자만 사는 곳이에요. 이곳 여자들은 스무 살이 넘으면 강물을 마시고 아기를 낳지요."

삼장 법사와 저팔계는 이 사실을 알고 기절할 듯이 놀랐다. 남자가 아기를 낳다니 너무나 끔찍했던 것이다.

삼장 법사가 울상이 되어 물었다.

"오공아, 이 일을 어쩌면 좋으냐?"

저팔계도 엉엉 울면서 말했다.

"안 돼. 안 돼! 아기를 낳다니요! 난 차라리 지금 당장 죽어 버리겠어요!"

삼장 법사는 할머니에게 애원하듯이 물었다.

"할머님, 여기에는 의원이 없습니까?"

"남쪽 해양산에 가면 낙태천이라는 강물이 있어요. 한 모금만 마셔도 아기가 사라진다오. 그런데 요즘 여의 진선이라는 도사가 그 샘물을 자기 것이라 하면서 자기에게 값비싼 선물을 줘야만 한 사발 떠 주지요."

주막집 할머니의 말에 손오공은 코웃음을 치며 대수롭지 않다는 듯이 대답했다.

"그런 거라면 걱정 마시오. 스승님, 얼른 물을 떠 올 테니 조금만 기다리세요."

손오공은 할머니에게 항아리를 빌려 가지고 해양산으로 떠났다.

"낙태천의 물을 얻으러 왔소."

역시나 여의 진선이라는 도사가 가만히 있을 리 없었다.

"선물도 없이 물을 가져가려고?"

"여행을 하는 중이 가진 게 있겠는가. 그냥 인심을 베푸는 게 어떻겠소?"

손오공이 웃으면서 공손히 부탁했지만 여의 진선은 눈을 부릅뜨고 외쳤다.

"웃기지 마라! 이 못난 원숭이야."

마침내 여의 진선과 손오공은 서로 싸우기 시작했다. 여의 진선은 마음대로 줄이고 늘이는 창을 갖고 있었다. 여의조라고 불리는 그 창도 손오공의 여의봉만큼 훌륭한 무기였다. 여의봉과 여의조가 팽팽하게 맞섰다.

"이번에는 여의 갈퀴로 상대해 주마."

여의 진선은 여의 갈퀴를 들고 나타나더니 손오공에게 마구 휘둘렀다.

'나 혼자 싸워서는 물을 담을 수 없겠는데. 아무래도 사오정을 데리고 와야겠다.'

손오공은 재빨리 삼장 법사가 있는 주막으로 돌아갔다. 삼장 법사와 저팔계는 여전히 끙끙대며 아파하고 있었다. 손오공은 삼장 법사에게 자초지종을 설명했다.

"오정아, 얼른 나와 함께 가자."

"예, 형님. 스승님, 다녀오겠습니다."

사오정은 삼장 법사에게 인사를 한 후 손오공을 따라 해양산으로 날아갔다.

"사오정, 내가 싸우는 동안 너는 얼른 항아리에 물을 담아 가거라!"

손오공은 여의 진선과 또다시 싸우기 시작했다. 그 모습을 본 사오정은 항아리에 낙태천의 물을 담았다.

"아니, 이것들이 감히 내 물을 마음대로 떠 가려고 해?"

여의 진선이 사오정 쪽을 바라보느라 한눈을 파는 순간, 손오공은 여의봉으로 여의 진선의 급소를 내려쳤다. 그러자 여의 진선은 금방 나가떨어졌다. 손오공이 마지막 일격을 가하려는 순간이었다.

"형님, 물도 떴으니 그자를 그만 용서해 주시지요?"

손오공은 여의 진선에게 다시는 물을 뜨러 오는 사람들을 괴롭히지 말라고 당부한 뒤 사오정과 함께 주막으로 돌아왔다.

삼장 법사와 저팔계의 배는 더 크게 불러 있었다.

"스승님, 어서 물을 드세요! 한 모금만 드셔도 뱃속이 시원해질 거예요."

"애들아, 고맙구나."

삼장 법사가 물을 마셨다.

"다 마시면 안 돼요! 제 것도 남겨 주셔야 돼요, 네?"

저팔계는 옆에서 두 손을 벌리면서 호들갑을 떨었다.

저팔계는 삼장 법사가 남긴 물을 급하게 꿀꺽꿀꺽 마셨다. 조금 있으니 두 사람의 배가 저절로 꺼지면서 '꼴꼴꼴' 하는 소리가 났다.

"아, 정말 죽다가 살아났구나!"

"저는 미쳐서 펄쩍 뛰다가 죽는 줄 알았지 뭐예요, 형님."

하마터면 아기를 낳을 뻔한 삼장 법사와 저팔계는 놀란 가슴을 쓸어내렸다.

또다시 쫓겨난 손오공

삼장 법사와 제자들이 험한 산을 겨우 넘고 평지에 다다랐을 때였다. 저팔계가 손오공에게 말했다.

"형님, 금방 날이 저물겠어요. 말을 빨리 몰아서 사람 사는 곳을 찾는 게 어때요?"

"그럴까? 그럼 내가 말을 빨리 가게 해 보지."

하늘나라에서 필마온의 직책을 지냈던 손오공은 손쉽게 말을 빨리 달리게 했다. 말에 타고 있던 삼장 법사도 함께 저 멀리 사라져 버렸다. 삼장 법사는 빠른 속도에 겁이 나서 안장만 겨우 붙잡고 있었다.

한참을 달리는데 어디선가 징 소리가 들리더니 길 양쪽에서

30여 명의 도적들이 뛰쳐나왔다. 말도 놀라서 멈춰 버렸다.

"이봐, 이 길을 지나가려면 우리에게 통행세를 내야 해. 당장 가진 돈을 다 꺼내!"

그러자 삼장 법사가 겁에 질려 말했다.

"중이 무슨 돈이 있겠습니까? 사정 좀 봐주십시오."

"웃기지 마. 돈이 없으면 맞아야지!"

도적들은 들고 있던 몽둥이로 삼장 법사를 때리기 시작했다. 삼장 법사는 어쩔 수 없이 거짓말을 했다.

"잠깐만요! 뒤에 제 제자들이 따라오고 있는데 그 아이들에게 돈이 몇 푼 있습니다. 곧 올 테니 그때 돈을 드리지요."

"진작 그럴 것이지. 일단 도망가지 못하게 묶어 둬라!"

대장이 말하자 다른 도적들이 삼장 법사를 끈으로 묶어 나무에 높이 매달아 놓았다.

뒤따라오던 손오공은 저 멀리에서 삼장 법사가 나무 위에 매달려 있는 것을 보게 되었다.

'저 도적놈들이 감히 사부님을!'

손오공은 어린 중으로 변신한 다음 저팔계와 사오정에게 천천히 따라오라고 말하고는 재빨리 삼장 법사가 있는 곳으로 달려가 외쳤다.

"여기 돈이 있으니, 저희 스승님을 풀어 주시지요."

도적들이 돈을 받고 삼장 법사를 풀어 주었다. 삼장 법사는 저팔계와 사오정이 있는 곳으로 부리나케 달려갔다. 그제야 손오공은 본래의 모습으로 돌아와 도적들과 싸웠다. 평범한 인간이 손오공의 상대가 될 리 없었다. 손오공이 여의봉을 휘두르자 도적 두 명이 죽었고 나머지는 뿔뿔이 달아났다.

"스승님, 형님이 사람을 두 명이나 죽였습니다!"

저팔계가 삼장 법사에게 또 고자질을 했다. 화가 난 삼장 법사는 손오공을 무섭게 나무랐다.

"오공아, 너는 어찌 사람을 죽이느냐!"

그러자 손오공도 언짢아져서 말대꾸를 했다.

"이게 어디 제가 혼자 살겠다고 한 일입니까? 저놈들이 스승님을 해치려 하니 때려눕힌 거지요. 그만하고 잘 곳이나 찾으러 갑시다."

삼장 법사와 손오공은 기분이 풀리지 않은 채 말 한마디 하지 않고 걸었다. 한참을 걷다 보니 집이 한 채 나왔다. 삼장 법사가 하루 머물기를 부탁하자 노부부가 반갑게 맞이하며 음식까지 대접했다. 식사가 끝나고 삼장 법사는 노부부와 이야기를 나누게 되었다.

"제게는 아들이 하나 있는데, 나쁜 짓만 하고 돌아다녀서 걱정입니다. 이 녀석이 닷새 전에 나가서 아직까지 돌아오지 않고 있습니다."

노인의 말을 들은 삼장 법사는 깜짝 놀랐다.

'혹시 오공이 때려죽인 사람 중에 아들이 있는 게 아닐까?'

사실 손오공과 싸운 도적 무리에 아들이 껴 있었다. 대장이 죽자 다들 뿔뿔이 흩어졌던 무리들은 날이 어두워지자 다시 모였다. 아들은 무리를 이끌고 집으로 돌아왔다가 삼장 법사와 제자들이 이곳에 머물고 있다는 것을 알게 되었다.

"어디에서 찾아야 하나 했더니 알아서 나타났군. 어서 대장의 복수를 하자!"

아들이 무리에게 하는 말을 몰래 엿들은 노인이 삼장 법사에게 얼른 도망가라고 말했다. 일행은 노인에게 인사를 한 후 서둘러 길을 떠났다. 하지만 곧 도적들이 무기를 들고 뒤쫓아 왔다. 도적들을 본 삼장 법사는 간이 콩알만 해졌다.

"얘들아, 도적들이 쫓아오는구나. 이를 어쩌면 좋으냐?"

"스승님, 걱정 마세요. 제가 해결하고 오겠습니다."

손오공의 말을 들은 삼장 법사가 신신당부했다.

"절대 사람을 죽여서는 안 된다. 그냥 겁만 주고 오너라."

손오공은 여의봉을 들고 도적들에게 다가갔다. 손오공을 본 도적들이 떼로 달려들었다. 하지만 손오공이 여의봉을 한 번 휘두르자 모조리 고꾸라지고 말았다. 그중에 절반가량은 다시 일어나지도 못했다.

손오공은 노부부 아들의 머리를 들고 와서는 자랑스럽게 말했다.

"스승님, 불효자 녀석을 혼내 주었습니다."

하지만 삼장 법사는 화가 머리끝까지 나서 소리쳤다.

"이놈아, 내가 살인을 저지르지 말라고 그렇게 당부했건만!"

삼장 법사는 화를 내도 분이 풀리지 않는지 손오공의 머리 테가 죄어드는 주문을 외우기 시작했다. 손오공은 또다시 길바닥에서 이리 구르고 저리 구르면서 괴로워했다.

"스승님, 잘못했어요! 제발 그만 외우세요!"

그래도 삼장 법사는 멈추지 않았다. 그렇게 한참을 외우던 삼장 법사가 말했다.

"그 노인이 우리에게 먹여 주고 재워 준 걸 기억하지 못하느냐? 어찌 그 집 아들을 죽인단 말이냐. 이제 넌 내 제자가 아니다. 썩 가 버려라!"

손오공이 한 번만 용서해 달라고 싹싹 빌었지만 삼장 법사는

그때마다 주문을 외웠다. 결국 손오공은 다시 또 쫓겨나고 말
았다.

구름을 타고 날아가던 손오공은 좋은 생각이 떠올랐다.

'그래, 관음보살님께 스승님의 마음을 돌려 달라고 해 보자.'

관음보살에게 간 손오공은 펑펑 울면서 하소연했다.

"보살님이 저에게 스승님의 제자가 되라고 하지 않으셨습니
까? 그런데 스승님은 툭하면 저를 내쫓으시니 이 일을 어쩌면
좋습니까?"

관음보살이 손오공에게 자초지종을 설명해 보라고 말했다.
손오공은 강도를 때려죽인 이야기며, 불효자를 혼내 준 이야
기까지 다 들려주었다.

"그건 네 잘못이 맞구나. 겁만 주어 쫓아도 네 스승을 구할
수 있었을 테니 말이다."

실망스러워하는 손오공에게 관음보살이 다시 말했다.

"조만간 삼장 법사는 위험한 일을 겪게 되어 널 찾으러 올
것이다. 그때 다시 너를 데리고 가라고 말해 줄 테니 너는 여
기에 머물고 있어라."

손오공은 그제야 눈물을 그치고 고개를 끄덕였다.

가짜 손오공

삼장 법사는 손오공을 내쫓은 뒤 저팔계, 사오정과 함께 길을 걷다가 갑자기 멈춰 섰다.

"얘들아, 배도 고프고 목도 말라서 더 이상 못 걷겠다. 누가 가서 먹을 거라도 좀 구해 오너라."

"제가 한번 다녀오겠습니다."

저팔계가 이렇게 말하더니 몸을 날려 하늘 위로 올라갔다. 하지만 사방이 산으로만 둘러싸여 있을 뿐 마을은 보이지 않았다.

"스승님, 아무리 둘러봐도 사람이 살 만한 곳은 보이지 않았습니다."

저팔계의 말에 삼장 법사는 한숨을 쉬며 말했다.

"그럼 목이라도 축이게 물을 떠 오너라."

"네, 금방 다녀올 테니 조금만 참으세요."

저팔계는 훌쩍 뛰어올라 구름을 타고는 사라졌다.

삼장 법사는 한참을 기다려도 저팔계가 돌아오지 않자 목이 말라 견딜 수가 없었다. 그런 스승을 보자 사오정은 마음이 아팠다.

"스승님, 제가 둘째 형님에게 가서 재촉해 보겠습니다."

"오냐. 얼른 다녀오너라."

사오정도 떠나고 삼장 법사는 홀로 제자들을 기다리며 우두 커니 서 있었다. 그러다 인기척이 나서 쳐다보니 손오공이 무릎을 꿇고 앉아 있었다. 손오공은 두 손에 든 물그릇을 받쳐 올리며 말했다.

"스승님, 역시 제가 없으니 물 한 모금도 마시지 못하시는군요. 어서 이 시원한 물 좀 드시고 계세요. 제가 곧 밥도 얻어 오겠습니다."

삼장 법사는 물그릇에는 눈길도 주지 않은 채 냉랭하게 말했다.

"네가 얻어 온 물은 절대 먹지 않겠다. 어서 가 버려라!"

하지만 손오공은 물러서지 않았다. 오히려 빙글빙글 웃으며 약 올리듯이 말했다.

"제가 없으면 서천에 못 가실걸요?"

"가든 말든 네가 상관할 바 아니니 썩 물러가라!"

삼장 법사가 성난 목소리로 말하자 손오공은 씩씩대면서 물그릇을 바닥에 내던지고 욕을 했다. 그러고는 여의봉으로 삼장 법사의 등을 살짝 내리찍었다. 삼장 법사는 비명 한 번 지르지 못하고 기절하고 말았다. 그 틈을 타서 손오공은 삼장 법사의 짐을 훔쳐 구름을 타고 날아가 버렸다.

한편 저팔계는 겨우 밥을 얻어 돌아오는 길에 사오정을 만나 함께 돌아왔다.

"아니, 스승님이 쓰러져 계시잖아?"

저팔계가 놀라 소리쳤다. 자세히 보니 짐도 없었다. 둘은 도적들이 삼장 법사를 죽이고 짐을 훔쳐갔다고 생각했다. 사오정이 슬픈 마음에 엉엉 울면서 삼장 법사를 껴안았다. 사오정의 얼굴에 삼장 법사의 숨결이 느껴졌다.

"형님, 스승님이 아직 살아 계십니다."

사오정이 이렇게 외치자 삼장 법사가 신음 소리를 내면서 말했다.

"손오공이 날 때리고 짐도 훔쳐 도망갔다."

삼장 법사의 말에 화가 난 저팔계가 당장 손오공을 잡으러 가겠다고 하자 사오정이 말렸다.

"형님, 우선 스승님이 쉴 곳부터 찾읍시다."

"어? 어, 그게 좋겠다."

저팔계는 밥을 얻었던 곳으로 삼장 법사를 데리고 갔다. 시간이 지나 몸을 추스르게 된 삼장 법사가 말했다.

"손오공이 빼앗아 간 짐을 찾아와야 할 텐데…… 오정아, 네가 다녀오너라."

"예, 다녀오겠습니다."

사오정은 구름을 타고 곧장 손오공이 사는 화과산으로 날아갔다. 그곳에는 셀 수 없이 많은 원숭이들이 모여 있었다. 손오공은 가장 높은 돌에 앉아서 떠들어 대고 있었다.

사오정이 다가가 손오공을 불렀다.

"형님!"

그런데 손오공은 사오정을 알아보지 못하고 소리쳤다.

"저 수상한 놈을 잡아라!"

원숭이들이 달려들어 사오정을 끌고 손오공 앞으로 갔다.

"너는 웬 놈이기에 이곳에 함부로 들어온 것이냐?"

사오정은 어이가 없었지만 어쩔 수 없이 머리를 조아리며 말했다.

"형님, 스승님을 그만 원망하고 나와 함께 돌아갑시다. 정 가기 싫다면 짐이라도 돌려주십시오. 그래야 우리가 서역까지 갈 수 있습니다."

그러자 손오공이 코웃음을 치며 말했다.

"서역은 내가 갈 것이다. 나한테도 삼장 법사가 있거든. 가서 데리고 오너라."

손오공이 명령을 내리자 부하들은 곧 삼장과 저팔계, 사오정, 말까지 데리고 나왔다. 자신과 똑같이 생긴 가짜 사오정을 보자 진짜 사오정은 화가 치밀어 올랐다.

"이런! 가짜 사오정을 만들다니! 아무리 형이라도 용서할 수가 없다!"

사오정이 가짜 사오정의 머리를 내리치자 그 자리에 원숭이 시체만 남았다. 그 모습을 본 손오공도 분노하며 부하들을 시켜 사오정을 에워싸게 했다. 혼자 힘으로는 도저히 이길 수 없었던 사오정은 겨우 도망쳐 그곳을 빠져나왔다.

"관음보살님께 가서 이 사실을 알리고 손오공을 혼내 달라고 해야겠다."

사오정은 곧장 관음보살이 있는 곳으로 날아갔다. 그런데 관음보살 옆에 손오공이 서 있었다. 화가 치밀어 오른 사오정이 소리쳤다.

"이 원숭이야, 이젠 보살님까지 속이려 드느냐?"

그러자 관음보살이 사오정을 진정시키며 무슨 일인지 물었다. 사오정은 여전히 씩씩거리며 손오공이 삼장 법사를 때린 일과 가짜 삼장 법사 일행을 만든 이야기까지 모조리 아뢰었다. 조용히 듣고 있던 관음보살이 말했다.

"오정아, 오공이는 사흘 전에 이곳으로 와서 여태껏 나와 함께 있었다. 그런데 어찌 그럴 수가 있겠느냐?"

"제가 어찌 보살님 앞에서 거짓말을 하겠습니까. 화과산에 정말 손오공이 있었습니다."

사오정이 억울해하자 관음보살은 손오공과 함께 다시 화과산으로 가 보라고 말했다. 손오공은 즉시 사오정과 함께 화과산으로 날아갔다. 그곳에는 사오정의 말대로 손오공이 원숭이 무리를 부리며 놀고 있었다.

"너는 누군데 감히 손오공 님을 흉내 내느냐!"

손오공이 여의봉을 휘두르며 소리치자 가짜 손오공 역시 여의봉을 휘두르며 맞섰다. 사오정은 누가 진짜 손오공인지 구별할 수가 없었다.

그때 손오공이 사오정에게 말했다.

"오정아, 너는 이만 돌아가서 스승님에게 이 일을 알려 드려라. 나는 이놈과 보살님께 가서 누가 진짜인지 가려 달라고 할 것이다."

그러자 가짜 손오공도 똑같은 말을 했다. 사오정은 고개를 끄덕이고는 삼장 법사에게 돌아갔다.

두 손오공이 관음보살에게 가서 서로 자기가 진짜 손오공이라며 소리쳤다. 관음보살이 이리저리 훑어보았지만 누가 진짜인지 가려낼 수가 없었다. 그때 관음보살에게 좋은 생각이 떠올랐다. 관음보살은 즉시 손오공 머리의 금 고리를 조이는 주문을 외우기 시작했다. 그러자 두 손오공 모두 머리가 아프다며 땅에 뒹굴었다.

두 손오공은 옥황상제, 염라대왕도 찾아가 진짜를 구별해 달라고 했지만, 아무도 가릴 수가 없었다. 마지막으로 석가여래를 찾아갔다. 때마침 관음보살도 이곳으로 왔다. 석가여래가 관음보살에게 말했다.

"제자야, 네가 보기에는 누가 진짜 손오공인 것 같으냐?"

"저는 구별할 수가 없었습니다."

"내가 말해 주겠다. 가짜 손오공으로 둔갑한 놈은 귀가 여섯 개인 원숭이다. 이 원숭이는 천 리 밖에서 일어난 일들도 다 알 수 있는 재주가 있지."

그러자 가짜 손오공은 이제 들켰다고 생각하고는 잽싸게 도망치려 했다. 그러나 석가여래의 제자들이 가짜 손오공을 에워싸 꼼짝 못하게 했다.

분을 참지 못한 손오공은 단숨에 가짜 손오공을 때려 죽였다. 그 자리에는 석가여래의 말대로 귀가 여섯 개인 원숭이가 죽어 있었다.

"이제 손오공을 데리고 삼장에게 가거라."

석가여래의 말에 관음보살과 손오공은 공손히 인사를 하고 삼장 법사가 있는 곳으로 날아갔다. 관음보살을 본 삼장 법사가 머리를 조아리며 인사를 드렸다.

"삼장 법사, 당신을 때린 녀석은 손오공이 아니라 귀가 여섯 개인 원숭이였소. 앞으로도 험한 산을 여러 번 지나야 하고, 그때마다 요괴들이 방해할 것이오. 손오공이 보호해 줘야 무사히 서역으로 갈 수 있을 것이니 다시 손오공을 거둬들이도록 하시오."

"보살님 말씀대로 하겠습니다."

그때 멀리서 저팔계가 헐레벌떡 뛰어왔다.

"화과산에 가서 가짜 스승님과 가짜 저팔계를 때려눕히고 짐을 찾아왔습니다."

"팔계야, 수고가 많았다."

관음보살이 웃으며 말하고는 구름을 타고 떠났다.

삼장 법사가 손오공에게 다가가 말했다.

"오공아, 이제는 널 내쫓지 않으마. 미안하구나."

"아닙니다, 스승님. 저도 이제 사람을 해치지 않겠습니다."

삼장 법사와 손오공은 서로를 바라보며 웃었다. 둘을 바라보던 저팔계와 사오정도 덩달아 기분이 좋아졌다.

"자, 어서 출발합시다. 지금처럼 한마음 한뜻으로 서역까지 가야지요!"

저팔계의 말에 다들 껄껄 웃으며 길을 떠났다.

드디어 부처님의 세계로

    삼장 법사와 일행은 그 뒤로도 여러 번 마귀들이 괴롭히는 험한 산을 넘었다. 봄, 여름, 가을, 겨울이 열네 번 지났으니 14년이란 오랜 세월이 걸린 여행이었다.

    드디어 석가여래가 계신 천축의 영취산에 도착했다. 영취산 주변은 풍경이 아름답고 만나는 사람마다 품성이 선했다.

    삼장 법사는 기쁨의 눈물을 흘리며 제자들에게 말했다.

    "애들아, 우리가 드디어 천축에 도착했구나. 그동안 수고가 많았다."

    제자들도 감격에 겨워 말했다.

    "스승님이야말로 그간 고생이 많으셨습니다."

잠시 후 일행 앞에 강물이 나타났다. 그러자 한 사공이 배를 저어 오며 삼장 법사를 불렀다.

"제가 강을 건너게 해 드리겠습니다. 어서 타시지요."

기쁜 마음으로 배에 오르려 발을 내딛던 삼장 법사와 제자들이 깜짝 놀라 발을 멈추었다. 그 배는 밑바닥이 없었다.

"아니, 밑창도 없는 배에 어떻게 탑니까?"

삼장 법사가 놀라서 물었지만, 사공은 가만히 미소 지을 뿐이었다. 이를 지켜보던 손오공이 먼저 올라탔는데 물에 빠지지 않았다. 이를 본 다른 사람들도 차례차례 배에 탔다.

배를 타고 한참 강을 거슬러 올라가는데 별안간 삼장 법사가 '으악' 하면서 비명을 질렀다. 물속에서 시체 하나가 불쑥 솟아 올랐던 것이다.

"하하! 스승님은 자신의 시체를 보고도 그렇게 놀라십니까?"

손오공이 웃자, 삼장 법사는 눈을 크게 뜨고 다시 보았다. 정말 자신의 시체였다. 그러자 뱃사공이 말했다.

"스님, 축하드립니다. 지금 헌 몸이 죽고 새 몸으로 거듭나셨으니 부처님 세상에 들어선 것입니다. 세상에서는 이를 해탈했다고 하더군요."

배는 땅에 닿자마자 연기처럼 어디론가 사라져 버렸다.

"먼 길 오시느라 고생이 많았소."

많은 부처들과 함께 대웅전에 앉아 있던 석가여래가 반갑게 맞이했다. 삼장 법사는 눈이 부시고 가슴이 두근두근해서 어쩔 줄 몰라 했다.

"보잘것없는 중을 이렇게 반겨 주시니 정말 감격스럽습니다. 부디 당나라를 위하여 불경을 내려 주시면 더없이 감사하겠습니다."

삼장 법사는 이렇게 말하고는 세 제자와 함께 공손히 절을 올렸다.

"그대들이 사는 곳의 사람들은 선하지 못하고 악하기만 하니 참 곤란한 일이오. 내가 불경 5,048권을 줄 테니 돌아가서 사람들에게 가르침을 널리 알려 주시오. 배가 고플 테이니 우선 음식부터 드시게."

석가여래는 맛있는 음식으로 삼장 법사와 일행을 대접했다. 그리고 제자인 아란과 가섭에게 불경을 내주라고 일렀다. 삼장 법사와 제자들은 말에 불경을 차곡차곡 실었다.

"귀한 불경을 주셔서 감사합니다."

삼장 법사는 석가여래에게 감사 인사를 올리고 다시 당나라로 떠났다.

한편 당나라 태종은 삼장 법사를 서천으로 보낸 다음 만경루라는 누각을 지어 놓고 날마다 올라가 기도를 하면서 기다렸다.

"은은한 향기가 어디서 풍겨 오는 거지? 정말 향기롭구나!"

태종이 하늘을 올려다보니 서쪽 하늘에서 구름이 밀려왔다.

바로 삼장 법사와 그 일행이 타고 온 구름이었다.

"황제 폐하, 불경을 가져왔습니다."

"오오! 내가 이런 날이 오기를 만경루에서 14년 동안 기다렸다오. 정말 대단하오! 삼장 법사, 정말 고맙고 자랑스럽소."

태종은 삼장 법사 일행을 위해 큰 잔치를 베풀었다. 그리고 안탑사에서 큰 법회를 열었다.

법회에서 삼장 법사가 불경을 펼쳐 놓고 설법을 시작하려고 할 때였다. 갑자기 하늘에서 목소리가 들려왔다. 그것은 이 세상 사람의 목소리가 아니었다.

"삼장 법사는 경 읽는 것은 그만두고 석가여래가 계신 극락으로 돌아갑시다."

그러자 손오공, 저팔계, 사오정과 말까지 덩달아 하늘로 올라갔다. 삼장 법사도 불경을 펼쳐 놓은 채로 단 위에서 천천히 공중으로 올라갔다. 이를 보고 놀란 태종과 여러 신하들은 하늘을 향해 절을 했다.

삼장 법사와 일행은 영취산으로 돌아갔다.

뇌음사의 대웅전에서 많은 부처들과 모여 앉아 있던 석가여래가 무척 반가워했다.

"그대는 원래 내 제자였는데 공부를 게을리하여 세상으로 쫓겨났던 것이다. 이제 모든 고난을 이겨 내고 불경을 당나라에 가져간 공적으로 다시 부처가 되었느니라."

삼장 법사는 감사함에 어찌할 바를 몰랐다. 석가여래가 이번에는 삼장 법사의 제자들을 향해 말했다.

"손오공은 처음부터 끝까지 스승을 잘 섬기고 용감하게 잘 싸웠으니 너도 부처가 될 수 있다. 저팔계는 언제나 무거운 짐을 잘 졌으므로 너도 극락에서 심부름을 하도록 허락한다. 그리고 사오정은 말고삐를 잘 잡은 공을 인정하여 나한에 명한다. 마지막으로 흰 말인 너는 삼장 법사를 태우고 다닌 공을 인정하여 하늘의 용이 되어라. 지금부터는 모두 극락에서 부처의 자리에 앉게 되는 것이다."

그 말이 떨어지자마자, 말은 머리에 두 뿔이 돋아나고 몸 전체에 금빛 비늘이 생기면서 턱 밑에 은빛 수염이 있는 늠름한 용으로 변하여 극락 문의 기둥에 칭칭 감겼다. 모두들 얼굴이 기쁨으로 환하게 빛났다. 그런데 저팔계만 못생긴 얼굴이 더 흉하게 일그러졌다.

"석가여래님! 다른 사람들은 다 부처님이 되게 해 주면서 왜 저만 심부름꾼을 시키십니까? 저만 미워하시는 겁니까?"

석가여래는 빙그레 웃으면서 부드럽게 말했다.

"넌 배가 커서 항상 먹는 것을 좋아하지 않느냐? 그러니 배가 늘 꺼져 있는 부처님보다는 불공 잔치가 있을 때마다 음식 심부름을 하면서 배부르게 먹는 편이 너에게는 더 좋을 줄 알았다."

그제야 저팔계는 얼굴에 웃음이 번지면서 고개를 끄덕였다.

"그럼요! 저는 배고픈 부처님보다는 배부른 심부름꾼이 백 배 좋습니다."

그러자 모두들 웃음을 터뜨렸다.

그때 손오공이 석가여래에게 애원하며 말했다.

"석가여래님, 이제 제 머리에 씌워진 금 고리 좀 없애 주세요. 관음보살님이 다른 사람에게 씌우지 못하게 아예 부숴 버렸으면 좋겠어요."

그러자 삼장 법사가 손오공을 바라보면서 빙그레 웃었다.

"너는 부처가 되었는데 아직도 금 고리가 네 머리에 있을 줄 알았느냐?"

손오공이 얼른 머리를 만져 보았다. 정말 머리에 있던 금 고리는 어느새 사라지고 없었다. 그제야 손오공은 삼장 법사를 보면서 행복한 미소를 지었다. ✿

세계^명작 시리즈와 함께 논리 · 논술 Level Up!

● 이해 능력 Level Up!

1. 손오공은 어디에서 태어났나요?

　1) 아프리카의 아마존에서

　2) 화과산 꼭대기에 있는 커다란 바위에서

　3) 인도네시아의 밀림에서

　4) 일본 원숭이만 사는 섬에서

　5) 과천 어린이 대공원에서

2. 손오공은 왕이 된 후 어떤 이름을 얻었나요?

　1) 세계의 왕　　　2) 훌륭한 왕　　　　3) 비후왕

　4) 미후왕　　　　5) 마후왕

3. 다음 글은 누가 손오공을 보고 하는 말인가요?

> "으악! 얼굴이 새빨간 괴물이 나타났다!"
> "온몸에 시커먼 털이 난 괴물이야!"

　1) 섬사람들　　　2) 하늘나라 신선들　　　　3) 저팔계

　4) 사오정　　　　5) 마귀들

4. 손오공은 왜 먼 여행을 떠나게 되었나요?

  1) 더 많은 보물을 구해 오려고
  2) 결혼할 신붓감을 구하기 위해
  3) 심심하고 지루해서
  4) 더 많은 세상을 보고 싶은 호기심 때문에
  5) 영원히 죽지 않고 사는 비법을 배우려고

5. 다음 글을 읽고 왜 손오공이 그런 행동을 했는지 골라 보세요.

> 그날도 수보리 조사가 수많은 제자들에게 설교를 하고 있었다. 그런데 손오공이 자리에서 벌떡 일어나더니 덩실덩실 춤을 추었다.
> "이 녀석아! 공부하다 말고 춤은 왜 추는 거냐?"

  1) 스승님의 말씀에서 깨달음을 얻고 너무 기뻐서
  2) 스승님의 수업이 너무 지루해서
  3) 수많은 제자들을 재미있게 해 주려고
  4) 발이 저려서 더 앉아 있기 힘들어서
  5) 스승님을 깜짝 놀라게 해 주려고

6. 수보리 조사는 왜 몽둥이로 손오공의 머리를 세 대 쳤을까요?

  1) 학문을 바르게 익히라는 뜻에서
  2) 삼경, 즉 한밤중에 찾아오라고

3) 스스로 공부하는 태도를 가지라고

4) 공부를 하지 않아 안타까워서

5) 스승과 제자 사이에는 믿음이 가장 중요하다는 뜻에서

7. 다음은 처음으로 하늘나라에 가서 일을 맡게 된 손오공에게 어떤
   사람이 한 말입니다. 밑줄 친 '하는 일'이란 무엇이었나요?

> "손 형, 바보 아니오?
> 지금 손 형이 <u>하는 일</u>은 벼슬이랄 것도 없소.
> 그게 말 머슴이지 뭐요, 제일 하찮은 자리요."

1) 하늘에 있는 모든 과일 나무를 키우는 일

2) 하늘에 있는 모든 동물들에게 먹이를 주는 일

3) 세상에서 일어나는 소식을 옥황상제에게 전하는 일

4) 하늘로 올라오는 도둑들을 잡는 일

5) 하늘에 있는 천마 1,000마리를 돌보는 일

8. 손오공이 화가 나서 화과산으로 돌아온 후 지은 이름과 그 뜻은
   무엇인가요?

1) 제춘 대성, 하늘처럼 고귀한 성인

2) 제천 대성, 하늘과 똑같은 직위를 가진 큰 성인

3) 계천 대성, 하늘처럼 지혜로운 성인

4) 계춘 대성, 하늘보다 더 뛰어난 성인

5) 천천 대성, 하늘에서 가장 재주가 뛰어난 성인

9. 손오공이 하늘나라에 가서 두 번째로 한 일은 무엇인가요?

   1) 신선들이 먹는 과일과 고기를 가져오는 것
   2) 하늘나라 대문을 지키는 것
   3) 옥황상제가 사는 궁전을 지키는 것
   4) 신선들이 타고 다니는 말을 지키고 돌보는 것
   5) 신선들의 복숭아밭인 반도원을 감독하고 지키는 것

10. 하늘나라의 복숭아를 몰래 훔쳐 먹은 손오공은 결국 누구한테 잡혔나요?

   1) 석가여래   2) 36명의 번개 대장   3) 옥황상제
   4) 금성 대군   5) 태상 노군

11. 손오공은 벌을 받아 어떻게 되었나요?

   1) 다시 화과산의 커다란 바위로 변하게 되었다.
   2) 돌처럼 굳어 버렸다.
   3) 다섯 손가락을 본떠 만든 오행산에 갇혔다.
   4) 두 눈이 장님이 되고 말았다.
   5) 신선의 능력을 빼앗겨 버렸다.

12. 서천은 지금의 어느 나라일까요?

   1) 일본   2) 인도   3) 가나   4) 미얀마   5) 태국

13. 당나라에 가서 불경을 가져 올 만한 훌륭한 사람을 골라 오는
    일은 누가 맡았나요?

   1) 관음보살   2) 36명의 번개 대장   3) 금성 대군
   4) 태상 노군   5) 이랑 진군

14. 다음 글을 읽고 현장 법사가 어떻게 행동했는지 골라 보세요.

   > 관음보살은 현장 법사의 설법을 듣다가, 그의 인품을 알아보기 위
   > 해 일부러 큰 소리로 끼어들었다.
   > "스님의 설교는 석가여래의 진짜 불경이 아니오! 이왕이면 진짜 부
   > 처님 말씀인 대승 불법을 배워 많은 사람들을 깨우치는 것이 어떻
   > 겠소?"

   1) 화가 나서 그 자리를 떠나 버렸다.
   2) 부끄러워하며 공손히 절하고 대승 불교를 가르쳐 달라고 했다.
   3) 세상에 이런 건방진 거지 중이 어디 있느냐고 소리를 질렀다.
   4) 사람들을 시켜서 관음보살을 쫓아냈다.
   5) 모르는 척하고 계속 설법했다.

15. 현장 법사는 누구한테 어떤 이름을 새로 얻게 되었나요?

   1) 관음보살, 삼정 법사
   2) 석가여래, 섬장 법사
   3) 옥황상제, 삼장 법사

4) 태종 임금, 삼장 법사

5) 석가여래, 섬장 법사

16. 만수산의 오장관이란 절은 무엇으로 유명했나요?

   1) 세상에서 볼 수 없는 진귀한 과일 나무

   2) 세상에서 볼 수 없는 뛰어난 스님

   3) 세상에서 가장 귀한 불경

   4) 세상에서 가장 비싼 산삼

   5) 세상에서 가장 귀한 샘물

17. 다음 글은 누가 누구한테 하는 말인가요?

"지금으로부터 13년 전에 제가 산에서 호랑이를 만났습니다. 그 호랑이는 공주를 등에 업고 내려오다가 저를 보고 무서워서 달아났지요. 저는 공주를 집에 데려와 호랑이한테 물린 상처를 치료해 주고 결혼해서 행복하게 살았답니다. 오늘에야 제 아내가 공주라는 것을 알게 되어 이렇게 인사를 올리려고 찾아왔습니다."

   1) 삼장 법사가 보상국 왕에게

   2) 손오공이 황포 마왕에게

   3) 황포 마왕이 보상국 왕에게

   4) 보상국 왕자가 보상국 왕에게

   5) 손오공이 보상국 왕에게

18. 영취산에 도착해 배를 타고 강을 건너던 삼장 법사가 다음과 같
    이 행동한 이유는 무엇인가요?

> 배를 타고 한참 강을 거슬러 올라가는데 별안간 삼장 법사가
> '으악' 하면서 비명을 질렀다.

1) 물속에 괴물들이 있어서
2) 물속에 아름다운 연꽃들이 피어서
3) 강 속에 신기한 물고기들이 살고 있어서
4) 삼장 법사 자신의 시체가 솟아올라서
5) 손오공의 시체가 떠다녀서

● 논리 능력 Level Up!

1. 석가여래가 불경을 가져올 사람에게 주라며 관음보살에게 맡긴
   세 가지 선물이 무엇인지 써 보세요.

2. 관음보살과 아래와 같은 대화를 나누었던 인물은 누구인지 써 보세요.

> "인정이 많으신 관음보살님이 아니세요! 그동안 어느 한 사람 저를 위로해 주지 않았고, 찾아온 적도 없답니다. 제발 500년 동안 갇혀 있는 저를 구해 주세요!"
> "거기에서 빠져나오면 또다시 예전처럼 여기저기 다니면서 해를 끼칠 것이 아니냐?"
> "아니에요! 저는 과거 일을 깊이 반성하고 있습니다."
> 그 말을 들은 관음보살은 마음속으로 무척 기뻤다.
> "그렇다면 너를 구해 줄 방법을 가르쳐 주마. 지금 나는 당나라로 가서 천축에 불경을 가지러 갈 스님을 찾아야 한다. 그 스님이 이곳을 지나갈 때, 그분의 제자가 되어 함께 천축으로 오너라."

3. 진원 선인이 손오공을 풀어 주고 용서를 받을 수 있는 기회를 준 까닭은 무엇입니까?

4. 다음 글을 잘 읽고 손오공이 하는 말이 참인지, 거짓인지 밝혀 보세요.

> "네 이놈! 넌 금방 한 약속을 깨뜨렸다. 죄 없는 사람을 셋이나 죽인 너를 어찌 내가 제자로 데리고 다니겠느냐? 너 같은 놈은 천축에 가도 죄를 씻기 힘들 것이다. 어서 네 고향으로 돌아가거라!"
> "스승님, 제 말 좀 들어 보세요. 저는 스승님을 지키기 위해 마귀를 죽인 것입니다."
> 그러나 삼장 법사는 귀를 막고 듣지 않았다. 삼장 법사의 표정에서 찬바람이 쌩쌩 불었다. 저팔계는 손오공을 몹시 경멸하는 표정을 지으며 작은 눈으로 흘겨보았고, 사오정은 뭐가 뭔지 모르겠다는 멍한 표정을 지었다.

5. 금각과 은각이 가진 신비한 호리병은 어떤 무시무시한 힘이 있나요?

1. 폭포 건너편에 다녀온 용감한 원숭이를 왕으로 삼는 것에 대해 어떻게 생각하나요? 왕이 되려면 가장 필요한 것은 용기일까요? 여러분의 생각을 써 보세요.

2. 다음 글을 읽고 손오공이 삼장 법사에게 꼭 배워야 할 점이 무엇인지 써 보세요. 또 그렇게 생각한 이유도 이야기해 보세요.

> 현장 법사는 그 무례한 말에도 화내지 않고 부끄러운 표정을 지으며 단에서 내려왔다. 그러고는 초라한 거지 중에게 공손히 절을 하며 말했다.
> "제가 본래 배움이 모자라 소승 불법도 제대로 깨우치지 못했습니다. 부디 대승 불법을 가르쳐 주십시오."
> 그러자 갑자기 영롱한 오색구름이 몰려들더니 거지 중은 본래의 관음보살로 변했다.

3. 다음 글을 읽고 만약 손오공과 같은 능력을 갖고 있다면 어떤 일에 쓰고 싶은지 써 보세요. 또 자신이 생각해 낸 일이 올바른 것인지도 생각해 보세요.

> 손오공은 털을 한 줌 뽑아 입김으로 '훅' 불었다.
> "어서 변해라, 얍!"
> 그러자 수백 개나 되는 털들이 금세 엄지손가락만 한 원숭이 수백 마리로 변하더니 마왕을 향해 쳐들어갔다.

_____

_____

_____

4. 손오공이 제천 대성이 되어 한 일은 신선들의 복숭아밭인 반도원을 감독하고 지키는 것이었습니다. 그런데 감독하기는커녕 오히려 복숭아를 몰래 따 먹었지요. 이런 손오공의 행동에 대해 어떻게 생각하나요?

_____

_____

_____

5. 다음 글을 읽고 손오공의 행동에서 본받을 점은 무엇인지 써 보세요.

> 깜짝 놀란 손오공은 얼른 구름에서 내려왔다.
> "우리 스승님은 정말 죄가 없습니다. 부디 저한테 벌을 다 내리십시오. 저를 기름에 넣어 주세요. 다 제 잘못입니다."
> 진원 선인은 스승을 지키고 섬기려는 손오공의 마음에 속으로 감탄했다.

6. 자신들을 괴롭히는 나쁜 사람들이나 괴물에 대한 손오공과 삼장 법사의 행동을 비교해 보고 누가 옳은지, 그렇게 생각하는 이유는 무엇인지 써 보세요.

7. 다음 글을 읽고 저팔계가 어떤 인물인지 파악해 보고, 이런 인물
   의 단점과 장점에 대해 써 보세요.

> 저팔계는 사람이 사는 집을 찾아 보았지만 아무리 한참 걸어가도 나오
> 는 것은 울창한 수풀뿐이었다. 저팔계는 다리도 아프고 또 혼자 다니려
> 니 쓸쓸한 생각도 들었다.
> "막상 내가 해 보니 쉬운 일이 아니었네. 그런데 난 형님이 먹을 것을
> 구해 오면 고마운 줄도 모르고 먹기만 했지."
> 저팔계는 땅바닥에 주저앉아 쉬면서 중얼거렸다. 손오공을 질투하여
> 쫓아낸 것이 후회되기 시작했다.

8. 나중에 손오공은 어떤 공을 세워 부처님이 되었다고 생각하나요?

풀이

이해 능력 Level Up!

1. 2)   2. 4)   3. 1)   4. 5)   5. 1)   6. 2)

7. 5)   8. 2)   9. 5)   10. 5)   11. 3)   12. 2)

13. 1)   14. 2)   15. 4)   16. 1)   17. 3)   18. 4)

논리 능력 Level Up!

1. 금실로 수를 놓은 가사와 지팡이, 금 고리 세 개

2. 손오공

3. 스승인 삼장 법사를 정성으로 섬기는 손오공의 마음에 감탄해서

4. 손오공의 말이 참이다.

5. 상대방의 이름을 불렀을 때 그 사람이 대답을 하면 대답을 한 사람이 호리병 속으로 빨려 들어간다.

논술 능력 Level Up!

1.   예시 : 물론 용기가 있어야 백성들을 잘 지킬 수 있다. 그러나 용기만 있다고 해서 좋은 왕이 되는 것은 아니라고 생각한다. 백성들이 마음 놓고 잘살게 하기 위해서는 용기와 함께 현명한 지혜

와 인자한 사랑도 필요하다. 또 지식도 많아야 위급한 상황에 재빠르고 적절하게 대처할 수 있다고 생각한다. 용기만 가지고는 어려움을 헤쳐 나갈 수 없다. 뿐만 아니라 아랫사람의 말을 받아들일 줄 아는 포용력도 있어야 한다. 따라서 폭포 건너편에 다녀온 원숭이를 왕으로 삼은 것은 조금 어리석은 결정이었다고 생각한다.

2. 예시 : 초라한 거지 중이 하는 꾸지람에도 고개를 숙일 줄 아는 것을 보면 현장 법사, 즉 삼장 법사는 겸손하고 예의 바른 사람인 것 같다. 또 자신의 부족한 점을 보충하기 위해 배우는 것을 창피해하지 않는다. 많은 사람들이 우러러보는 믿음 깊은 스님이라는 평가를 받는데도 말이다. 그렇지만 손오공은 그런 삼장 법사와 정반대이다. 능력이 있다고 자만하고, 상대를 우습게 생각하며 이 세상에 자기밖에 없다고 생각한다. 그렇기 때문에 실수를 하고 다른 사람에게 피해를 주기도 해서 벌을 받는다. 이렇게 자만심 넘치는 성격을 고치기 위해서는 삼장 법사의 겸손함과 다른 사람을 존중하는 태도를 꼭 배워야 한다고 생각한다.

3. 예시 : 털을 뽑아 입김을 불어 넣었을 때 수많은 원숭이로 변하는 것은 복제 능력과 같다. 만약 나에게 그런 능력이 있다면 우선 수업 시간에 복제한 나를 앉혀 놓고 실컷 놀러 다니고 싶다. 또 내가 싫어하는 아이들을 놀라게 해 주면 무척 재미있을 것이다. 그렇지만 이런 행동은 다른 사람에게 피해를 주는 것이고 나 자신에게도 좋지 않다. 그보다는 사람의 장기를 복제해 아픈 사

람에게 주어서 건강을 회복하게 하는 일을 하면 보람을 느낄 것이다.

4. 예시 : 자신이 지켜야 할 복숭아밭을 잘 지키지 않고 오히려 엉망으로 만든 것은 임무를 잊은 무책임한 행동이라고 할 수 있다. 손오공은 자신이 맡은 일을 게을리하고 게다가 도둑질까지 했다. 이것은 자신의 일에 책임감이 전혀 없기 때문에 일어난 일이다. 이러한 행동 하나하나가 모이면 사회가 뿌리째 흔들리게 된다고 생각한다.

5. 예시 : 손오공은 처음에는 자만심으로 가득해서 다른 사람을 우습게 보았지만, 삼장 법사를 모시고 여행을 하면서 이 글에서처럼 스승과 동료가 소중하고 의리를 지켜야 하는 대상이라는 사실을 깨달은 것 같다. 또 자신이 한 행동에 책임을 지고 벌을 받으려는 모습이 참 훌륭해 보인다. 사람 사이의 정이 메말라 가는 요즘, 그런 행동은 모두가 본받아야 한다고 생각한다.

6. 예시 : 삼장 법사는 작은 생명도 소중하게 여기는 사람이므로 아무리 나쁜 사람이라도 죽이는 것은 옳지 않다고 생각한다. 그러나 손오공은 자신을 공격하면 우선 맞서 싸워 이기려고 한다. 비록 적일지라도 무조건 해치려고 드는 것보다는 한 사람으로서 존중해 주려는 삼장 법사의 생각이 옳은 것 같다. 태어날 때부터 악한 사람은 없고, 주변 환경 때문에 나쁜 사람이 된다고 믿기 때문이다. 또 나쁜 일을 한 사람이라도 사랑으로 감싸 주면 언젠가는 마음을 돌릴 것이라고 생각한다.

7. 예시 : 저팔계는 행동이 가볍고 샘이 많지만, 잘못을 곧 깨닫고 후회하는 성격인 것 같다. 이런 성격을 가진 사람은 깊이 생각하지 못하고 다른 사람에게 믿음을 주지 못한다는 단점이 있다. 또 장점은 금세 자신이 무슨 잘못을 했는지 알고 인정한다는 것이다. 이런 사람은 어떤 행동이나 말을 할 때 한 번 더 생각하고, 자신이 잘못 생각하지 않았는지 늘 점검해 보면 단점을 고칠 수 있을 것이다. 그러면 인간미가 넘치는 장점을 잘 살려 다른 사람들에게 사랑받을 수 있다.

8. 예시 : 스승을 잘 섬기고 용감하게 잘 싸웠기 때문이라고 생각한다. 처음에는 생각이 안 맞아 부딪치기도 했지만, 14년 동안이나 함께하면서 나쁜 무리가 나타났을 때는 힘을 합쳐 물리치고, 도망가지 않고 맞서 싸웠다. 그리고 마침내 무사히 삼장 법사와 천축에 도착하여 불경을 가져오는 임무를 잘 수행했다.

초등학생이 꼭 읽어야 할 세계 명작 시리즈